쓰는 기분

쓰는 기분

박연준 산문

현암사

〔 차례 〕

서문 — 8

1부 우리가 각자의 방에서 매일 시를 쓴다면

당신은 이미 시를 알고 있습니다 — 16

쓰는 사람의 마음 — 20

시와 슬픔 — 24

메타포가 뭐죠? — 28

당신의 장바구니에 담긴 것 — 38

밤, 촛불, 시, 비밀 — 43

시를 어떻게 이해해야 할까요? — 47

시는 왜 이렇게 어려운 거죠? — 52

시를 읽는 방법 : 악기를 연주하는 사람 — 56

칼처럼 빛나는 한 줄 — 61

곳곳에 숨어있는 기적 — 65

분노도 시가 될 수 있을까 — 68

그리움의 무게 — 73

시를 가르칠 수 있을까? — 77

무언가를 좋아한다고 할 때 그 속에 있는 것 — 82

목록이라는 길목 — 87

생각하면 좋은 것 — 90

눈이 하는 일 — 94

무엇을 써야 하지? : 소재에 관하여 — 100

2부 작업실

연필 — 108

쓸 때 생각하는 것 — 113

시적 몽상 — 122

몸의 공식 — 134

인생 '갑'으로 사는 기분 : 창작의 기쁨 — 138

순간을 봉인하면 영원이 되나 — 146

끔찍한 세상에서 우아하게 말하기 — 151

쓸 수 없는 순간들 — 155

책점 — 161

여류라는 말 — 165

'셋'이라는 불안 — 168

3부 시인이 되고 싶은 사람에게

등단에 대해서 — 174

태어나는 일 — 179

순진하게 사랑하는 법 — 183

4부 질문이 담긴 과일 바구니
― 쓰는 사람, 당신은 질문하는 사람입니다

절제에 대하여 ― 192

시와 눈물 ― 196

시의 형식 ― 200

전공자가 아니어도 ― 203

지하철 시 ― 207

좋은 시, 나쁜 시 ― 209

많이 쓴다는 것 ― 211

시를 쓰는 삶과 쓰지 않는 삶 ― 214

〔 부록 〕

1. 모과나무 ― 219

2. 시인과의 대화 (with 임솔아) ― 237

시는 언제나 새 고양이로 온다

　서문을 두 번 쓰는 버릇이 있다. 책을 내놓기 전에 뭔가 그럴듯한 이야기를 입간판처럼 세워야 한다는 의무감에서 한 번, 창밖을 보다 마음을 풀어두는 기분으로 한 번 더 쓴다. 이 글은 두 번째 쓰는 서문이다.

　쓸 때 나는 내가 아닌 것 같은 기분이 된다.
　내가 아니면서 온통 나인 것, 온통 나이면서 한 번도 만나보지 않은 나인 것.
　쓸 때 나는 기분이 전부인 상태가 된다.
　현실에서 만질 수 없는 '나'들을 모아 종이 위에 심어두는 기분.
　심어둔 '나'는 공기와 흙, 당신의 눈길을 받고 자랄 것이다.
　내가 나 아닌 곳에서 자라다니!

　쓸 때 나는 나를 사용한다.
　나를 사용해 다른 사람에게로 간다.
　그건 나를 분사해, 허공에서 입자로 날아가는 기분.

나를 당신에게 뒤집어씌우러 가는 기분.

나를 비처럼 맞은 당신이 어떤 표정을 지을지 살피러 가는 기분.

입자로 떠돌며 세상을 구경하는 기분.

그게 다가 아니지.

당신이 쓴다면, 써서 내 쪽으로 보내온다면 나는 당신을 뒤집어써야 할 게다.

그건 읽을 때의 기분.

당신을 뒤집어쓸 때의 기분.

시를 쓸 땐,

날개를 떨구면서 날아오르는 기분이 든다.

날개를 버려도 내가 나일 수 있다니, 내가 날 수 있다니!

이 책은 당신과 '쓰는 기분'을 나눠 갖고 싶어서 썼다. 손끝에서 생각이 자유로워질 때의 기분을 나누고 싶었다. 성급하고 불완전한 영혼을 가진 사람이 내 속에서 걸어 나와 흰 종이에 도착하는 과정을 돌보는 일, 손가락이 그를 쫓는 일, 쫓다 멈추는 일, 멈추고 바라보는 일, 바보 같은 일이라고 그를 탓하는 일, 서로 엉키면서 작아졌다 커졌다 반복하는 일, 그러다 드디어 나와 종이 위의 그가 합일을 이루는 일! 이때의 기분을 당신과 나누고 싶다. 당신에게 '부드러운 용기, 작은 추동을 일으키는 바람, 따뜻한 격려'를 건네고 싶다.

오후에 도리스 레싱의 글을 읽다 이런 문장을 만났다.

> 어느 정도 나이를 먹은 뒤에는 새로운
> 사람, 동물, 꿈, 사건이 생기지 않는다(아주
> 어린 나이에 이렇게 되는 사람도 있다). 모두 전에
> 겪었던 일, 전에 만났던 사람이 다른 가면을
> 쓰고 나타날 뿐이다.*

더 이상 새로운 사람, 동물, 꿈, 사건이 생기지 않는 삶을 살 순 없다. 깨트리기! 쓴다는 건 멀쩡히 굴러가는 삶을 깨트리는 일이다. 깨트린 뒤 다시 조합해 새로 만드는 일이다.
책을 마무리할 때쯤, 내 삶에 고양이가 들어왔다. 내 첫 고양이이자 새 고양이다. 이름은 당주, 별명은 로티플(로얄 스트레이트 플러쉬!), 이명異名은 소안, 내가 자주 부르는 호칭은 귀염둥이. 고양이를 보며 생각한다. "새로운 사람, 동물, 꿈, 사건"이 생기려면 무언가를 사랑하고 뛰어들고 다치고 도망가고 잡고 빼앗기고 슬퍼하고 으깨져야 한다. 가만히 두면 마음은 굳는다. 움직여야 한다.

시는 언제나 새 고양이로 온다.

---

* 도리스 레싱, 『고양이에 대하여』, 비채

당신에게도 "새로운 사람, 동물, 꿈, 사건"이 생겼으면 좋겠다.

날마다 당신의 공책에서.

하염없는 글자들 속에서.

새로워지기.

어떻게 새로워질 수 있지, 당신이 묻는다면 이렇게 말하고 싶다.

연필을 쥔 사람은 자기 삶의 지휘자가 될 수 있다고.

태어난 모든 사람은 (우리가 어릴 때 힘들이지 않고 그렇게 했듯이) 시를 쓸 수 있다.

책의 1부에는 시에 대해 궁금한 마음은 있지만 친해지는 건 어렵다고 느끼는 자에게 건네는 말을 담았다. 2부에는 글쓰기와 삶에 대해 쓴 소소한 산문들을 묶었다. 3부와 4부에는 시인으로 태어나려는 사람(혹은 쓰는 사람)에게 건네는 이야기를 편지와 Q&A 형식으로 담았다. 부록에는 한 달에 한 번 각자 쓴 시를 읽고 담소를 나누는 '모과 모임' 멤버들의 산문 세 편을 실었다(내 작은 시인들에게 감사를). 그들이 씀으로 충만해지기를! 세상에 쓰고, 읽는 '모과 모임'이 더 많아지기를! 마지막으로 2017년 한 잡지에서 임솔아 시인과 시에 대해 나눈 인터뷰를 실었다. 임솔아 시인이 "시를 평론하거나 낱낱이 분석하는 방식의 인터뷰보다는, 함께 쓰는 사람으로 대화를 나누는 방식의 인터뷰였으면 좋겠다"고 말해주었고, 그렇게 이루어진 우리의 대화가 좋아서 마음에 내내 품고 있었다. 그는 태국에서, 나는 시드니에서 시간과 거리를 느끼며 필담을 주고받은 기억이 새롭다. 대화의 전문을 책에 실을 수 있게 기꺼이 허락해준 임솔아 시인에게 우정과 감사의 인사를 보낸다.

책이 세상에 나올 수 있도록 시작을 열어준 정예인 편집자에게도 감사의 마음을 전하고 싶다. 그가 보낸 첫 메일을 아직도 가끔 읽어본다.

"그런데 저는 문득 궁금합니다. '시가 뭐지? 시는 어떻게 읽지? 시를 좋아한다는 건 뭐지? 시는 왜 쓰지? 시인의 마음이란 무엇일까? 나도 시를 쓸 수 있나?' 하는 생각은 '우리가 각자의 방에서 매일 시를 쓴다면 이 세상이 달라지지 않을까?'까지 이르렀습니다."

이 질문 앞에서 나는 놀랐다. 그리고 시에 대해, 쓰는 일에 대해 어떤 이야기든 하고 싶어졌다. 생기로 가득한 정예인 편집자의 질문이 없었다면 이 책은 나오지 않았을 거다.

'어느 날 문득 시 쓰고 싶은 마음이 생겨난 사람'을 열심히 떠올렸다. 시인이 아니라 '시를 생각하는 마음'이 시와 가깝다는 생각이 들었다.

'라디오 연재'라는 특별한 기회를 준 'KBS 당신의 밤과 음악' 식구들, 특히 장유림 작가와 아나운서이자 시인인 이

상협 님, 책을 아름답게 만들어준 현암사 관계자들, 마케터이자 남동생인 태준에게도 감사를!

언제나 내 창작활동을 (격하게) 지지하는 남편, 장석주 시인에게 사랑을 전한다.

이 책이 시에 가까워지는 중인 자에게 우아한 실용서가 되길 바란다. 연필을 들고 밤의 도화지 앞에 앉은 지휘자가 되길!

우리가 시를 가까이 하면 시詩로운 시절이 오리니!

2021년 오월 파주에서,

박연준 씀.

1부

우리가 각자의 방에서 매일 시를 쓴다면

당신은 이미 시를 알고 있습니다

가을입니다. 나뭇잎 빛깔이 진해지더니 성질 급한 잎들이 가지에서 벗어나 툭 툭 떨어집니다. 낙엽을 바라보며 당신은 생각에 잠기겠지요. 떨어진 잎과 떨어지지 않은 잎 사이, 그 시차에서 무언가 발견한 걸까요?

당신은 속으로 중얼거립니다. 그건 당신에게만 들리는 말, '아직' 당신에게 속한 말이지요. 한 사람이 내면에 품었던 말을 종이 위에 풀어주면 시가 되기도 하지요. 당신 곁에서, 한때 내가 품고 기르던 말을 중얼거려봅니다.

이파리가 나무에서 멀어지는 일을 가을이라
부른다.*

당신은 이렇게 말하고 싶을지도 모릅니다. 내가 떠올린 문장은 시가 아니었어. 이건 시가 아니야! 나는 시를 몰라.

---

* 박연준, 「이파리가 나무에서 멀어지는 일을 가을이라 부른다」,
『밤, 비, 뱀』, 현대문학

시라니. 그게 나와 무슨 상관이람? 시는 어렵고 내게서 멀리 있는 거야.

거짓말입니다. 당신은 직관으로 시가 뭔지 알고 있어요. 시 근처를 서성이거나 '시적 기운'에 취해 기뻐한 적 있을지 모릅니다. 시와 거리가 먼 사람이라고, 당신은 자신할 수 있나요?

혼자 무언가 끼적이는 일. 속으로 두런두런 혼잣말하는 일.
익숙하던 것에서 낯선 모습을 발견하는 일.
뻔하게 말고, 다른 방식으로 말하는 일.
슬프다고 하지 않고 "슬픔이 나를 깨운다"* 하고 말하는 일.
힘들다고 하지 않고 "이번 삶은 천국 가는 길 겪는 긴 멀미인가요"** 하고 말하는 일.
등을 둥글게 말고 상체를 숙여, 무언가를 품는 일.
품은 채로 쓰는 일.
쓰는 사람에게만 귀한 일.
다른 사람이 보면 "뭐야, 이게?" 하고, 무심하게 지나쳐

---

* 황인숙, 「슬픔이 나를 깨운다」, 『슬픔이 나를 깨운다』, 문학과지성사
** 성동혁, 「속죄양」, 『아네모네』, 봄날의책

버리는 일.

아무래도 상관없는 일. 쓸모가 발견되지 않는 일. 우산을 쓰고도 하염없이 젖는 일.

마음이 밖을 향해 나설 때, 언어가 매듭처럼 따라와 묶이는 일.

당신이 이런 적이 있다면, 혹은 이런 상태를 눈치챘다면 당신은 이미 시를 쓰고 있는 거예요. 시는 당신 옆과 뒤, 여기저기에 있습니다.

태어나 처음 십여 년을 사는 동안 우리는 누구나 시인으로 삽니다. 상상력이 빈곤하거나 구태의연한 아이가 없다는 게 그 증거지요. 상상력의 천재인 아이들에게 시를 써보라 하면, 어른들처럼 쩔쩔매는 아이는 많지 않습니다. "시가 뭐예요?"라고 묻는 아이도 거의 없습니다. 그저 호기심 어린 눈으로 쓱쓱 쉽게 써 내려갑니다. 여덟 살 꼬맹이가 제 앞에서 '수박'이란 제목으로 동시를 쓰던 순간을 기억해요. "빨간 집 속에서 까만 사람들이 외친다. 불이야! 불이야!" 저는 이 놀라운 문장을 지금도 외고 있습니다. 감탄한 저를 뒤로하고 아이는 씨익 웃을 뿐 다음 문장을 써 내려가더군요. 아이들은 생각이 발랄하고 도무지 진부함을 모른 채 창의적입니다. 세상 모든 게 다 눈부신 '새것'으로 보이기 때문일까요? 그들의 목소리는 별 뜻도 없이 시적입니다.

아이들은 시인으로 태어납니다. 다만 자신이 시인이었다는 기억을 잊은 사람과 잊지 않은 채 어른이 되는 사람이 있을 뿐이지요. '쓸모'를 따지기 좋아하는 어른들에 의해 시적 능력을 거세당하지 않았다면 당신은 별 어려움 없이 오늘 밤 시를 쓸 수 있을지 모릅니다.

시를 모른다고 말하는 당신, 부디 옛 기억을 찾아내길 바랍니다.

쓰는 사람의 마음

당신은 의자 열 개가 놓여 있는 창가를 본 적 있나요? 의자들이 너무 '의자' 같아서, 하나하나가 독자적으로 존재하는 것 같아 눈이 환해지는 경험을 한 적 있나요? 그들은 단지 의자로 존재하고, 고민하며, 사색에 빠진 것 같았습니다. 방해하면 안 되겠다는 생각마저 들어 선뜻 다가갈 수 없었습니다. 의자는 오롯이 의자이고, 그 모습이 생경해 저 자신도 한참 의자로 서있을 수밖에 없었어요. 이런 기분을 당신은 친구에게 말할 수 있나요? 가족에게 설명할 수 있나요? 그럴 수 없어서 저는 시를 썼습니다. 그 시는 이렇게 시작해요.

슬픔이 굳어 의자가 되었다
누가 앉을래?

다리는 네 개 매달리는 상념은 스물
앞을 보고 서 있는 사람이 하나*

누가 슬픔을 깔고 앉을 수 있겠어요? 의자에게서 슬픔을 보았다면, 그건 의자의 문제라기보다 제 문제로 보는 게 맞을까요? 햇살이 쨍한 정오 무렵이었고 의자들은 짙은 초록색이었습니다. 아무런 문제도 없었지요. 문제도 없이 슬픔은 굳어 의자가 되고, 저는 굳은 슬픔에 대한 시를 썼습니다. 이런 기분을 당신에게 설명할 수 있다면 좋을 텐데 그러려면 몇 날, 몇 달, 몇 해가 걸릴지도 몰라요. 마음을 표현할 수 없을 때 우리는 다른 방법을 찾습니다. 누군가는 술을 마시고, 누군가는 음식을 탐하고, 누군가는 애정을 갈구할 대상을 찾겠지요. 누군가는 책을 읽고, 누군가는 침묵할지 모릅니다. 그리고 누군가는 시를 쓰기도 하겠지요.

어제는 청운문학도서관에서 시니어 대상으로 하는 시 창작 수업을 하고 돌아왔습니다. 머리가 희끗하신 분, 한때 시를 좋아했지만 사는 게 바빠 놓쳤다는 분, 시인이 되고 싶었는데 아이만 다섯 낳아 기르고 살았다는 분, 시는 조금도 모르지만 궁금해서 와봤다는 분…… 다양한 분들이 계셨습니다. 대부분 저보다 나이가 많으셨어요. 저는 이분들이 어쩌면 늦은 나이에 왜 시를 쓰려는 걸까 궁금했습니다. 요절한 천재가 수두룩한 분야에서, 시는 젊음의 장르라고

---

* 박연준, 「의자 열 개가 있는 창가」, 『밤, 비, 뱀』, 현대문학

생각하는 관습을 뚫고, 오후 두시에 무릎을 오그리고 골똘히 의자에 앉아 저를 바라보는 분들이 궁금했습니다.

그러다 그들이 숙제로 써 온 시들을 읽는 순간 놀랐습니다. '깜장이 어떻게 하양이 되는지' 질문하는 시, 요가로 유연해진 몸의 기쁨을 노래한 시, 사랑하는 이를 잃은 자가 '낱말들이 사라지는 밤'을 겪어내는 순간을 표현한 시……. 그들은 각자 쓴 것을 조심조심 풀어놓았습니다. 한 번 더 낭독해달라고 앙코르 요청을 받은 수강생도 있었어요. 그만큼 좋았습니다. 고백하자면 저도 그분의 시를 읽다, 울뻔했습니다. 시적 완성도를 따지기 전에 일상에서 포착한 그들만의 언어, 슬픔, 어둠, 기쁨, 궁극의 물음 들이 생생히 담겨있었지요.

늦은 나이에 왜 시를 쓰려는 걸까, 궁금해하던 저는 바보 똥개였습니다. 우리는 시로 무언가를 이룰 수 없습니다. 시는 효용이 없지요. 다만 읽는 사람을 다치게 할 순 있습니다. 좋은 시는 항상 누군가를 상처 입게 하거든요. 체했을 때 바늘로 손을 따는 것처럼, 나쁜 피를 흘려보낼 수 있을 만큼의 상처지요. 수업이 끝나고 저는 오랜만에 상처투성이가 되어 집으로 돌아왔습니다. 몸 곳곳에 그분들이 뚫어놓은 '작은 바늘땀 구멍'이 생긴 채로 피가 맑아져 돌아왔습니다.

잠시 맑아졌지요.

제가 아니라, 그분들이 정말 시인이었어요.

시와 슬픔

처음에 이렇게 생각했습니다. 시는 슬픔의 것이다. 그러다 생각을 고쳤습니다. 슬픔은 시의 것이다. 이게 조금 더 참말에 가까울 듯합니다. 슬픔은 꼭 시를 품지 않아도 얼마든지 슬플 수 있지만, 시는 슬픔을 노래하지 않을 때조차 슬픔에 속해있습니다. 기쁨도 노여움도 냉정함도 '슬픔'이란 방에서 일어나는 일이지요. 시는 쓰는 이에게 이렇게 말하는 것 같습니다.

네 눈물 속에, 네 웃음 속에, 네 울음 속에
날 데려가렴.*

이런 시를 볼까요? 박용래의 「소나기」라는 시 전문입니다.

누웠는 사람보다 앉았는 사람 앉았는

---

* 마르그리트 뒤라스, 『이게 다예요』, 문학동네

사람보다 섰는 사람 섰는 사람보다 걷는

사람 혼자 걷는 사람보다 송아지 두, 세 마리

앞세우고 소나기에 쫓기는 사람.*

이 시엔 아무런 설명이 없습니다. '소나기'라는 제목 아래 '어떠한 사람'을 옆에 두고 있지요. 상상해볼까요. 누운 사람 옆 앉은 사람을. 앉은 사람 옆 서있는 사람을. 서있는 사람 옆 혼자 걷는 사람을. 그리고 드디어, 우리는 가장 쓸쓸하고도 슬픈 그이를 만납니다. "송아지 두, 세 마리 앞세우고 소나기에 쫓기는 사람"을요. 그의 등허리는 축축할까요? 얼굴에 빗방울이 후드득 떨어질까요? 어린 송아지는 우왕좌왕하며 몸을 떨까요? 당신은 알고 있습니다. 비 오는 날 송아지 같은 슬픔 두엇을 끌고, 혼자 걷는 마음을요.

십수 년 전 어린 사촌 동생과 둘이 있던 방을 기억합니다. 그 애는 일곱 살, 저는 이십 대 중반이었어요. 그 애는 돌도 되기 전에 병으로 엄마를 잃고 친척 집을 옮겨 다니며 자랐습니다. 어른들은 은연중에 피로와 걱정을 내비쳤고 아이는 그걸 오롯이 느끼고 있었던 모양입니다. 그 애는 조용하고, 아무도 보지 않을 땐 혼잣말을 하고, 장난을 걸면

---

* 박용래,「소나기」,『먼 바다』, 창비

가끔 웃었습니다. 7년 동안 외가에서 자라다 이제 막 친가에 맡겨진 신세가 된 아이는 친가 식구들을 어색해했습니다. 어른들이 모인 거실을 지날 땐 까치발로 걷더군요. 머물 생각이 없는, 잠깐 지나가는 새인 것처럼요. 누가 뭐라 하지 않아도 눈치를 보았습니다. 어느 날 저와 단둘이 작은 방에 있게 됐을 때 그 애가 말했습니다.

"언니, 나는 마음으로 우는 게 뭔지 알아."

손을 가슴 위에 올리며, 그 애가 말했습니다. 저는 아무 말도 하지 못했지요. 나도 마음으로 우는 게 뭔지 안다고, 어렸을 때 이미 알았던 것 같다고, 자라서 시를 쓰는 사람이 되었다고…… 이런 이야기는 하지 못했습니다. 그저 얼굴과 등을 쓰다듬어줄 수밖에 없었지요.

그때로 돌아간다면, 마음으로 우는 걸 일찍 배운 아이들 곁에는 항시 시가 머무는 법이라고 얘기해줄 겁니다. 아끼는 시 한 편을 읽어줄 거예요.

　　내가 쓸쓸할 때,
　　남들은 모르거든.

　　내가 쓸쓸할 때,

친구들은 웃거든.

내가 쓸쓸할 때,
엄마는 다정하거든.

내가 쓸쓸할 때,
부처님은 쓸쓸하거든.*

---

* 가네코 미스즈,「쓸쓸할 때」,『억새와 해님』, 소화

메타포가 뭐죠?

소설 『네루다의 우편배달부』는 칠레의 시인 네루다와 열일곱 살 우편배달부 마리오의 우정을 그리고 있습니다. 이제 막 사랑에 빠진 앳된 마리오는 시가 뭔지, 메타포가 뭔지 모르면서 그 중심에 서있지요. 소설 속 한 대목을 소개할게요.

"무슨 일 있나?"

"네?"

"전봇대처럼 서있잖아."

마리오는 고개를 돌려 시인의 눈을 찾아 올려다보았다.

"창처럼 꽂혀있다고요?"

"아니, 체스의 탑처럼 고즈넉해."

"도자기 고양이보다 더 고요해요?"

네루다는 문손잡이를 놓고 턱을 어루만졌다.

"마리오, 내게는 '일상송가'보다 훨씬 더 괜찮은 책들이 있네. 그리고 온갖 메타포로 나를 시험에 들게 하는 건 부당한 일이야."

"뭐라고요?"

"메타포라고!"

"그게 뭐죠?"*

마리오는 자기가 방금 메타포를 사용했다는 것을 모른 채 메타포가 뭐냐고 묻습니다. 네루다는 마리오 안에 살던 시인을 깨우고, 그가 메타포를 사용해 베아트리스에게 사랑을 고백하는 것을 돕지요. 사랑에 빠진 자는 자기 환상에 빠진 자들이지요. 그들은 '사랑한다'는 말에 만족하지 못합니다. 세상에 하나뿐인, 자기표현을 찾기 시작합니다. 베아트리스는 마리오에게 "미소가 얼굴에서 나비처럼 날갯짓한다"는 말을 듣고, 자기도 모르게 마음의 문을 열게 됩니다.

메타포는 시의 뼈대이자 피입니다. 인생에 드리운 커튼이기도 하지요. 고양이가 마음을 표현할 때 언제나 망토처럼 두르는 것입니다. 예술가들이 세우는 집의 기둥과 서까래입니다. 이런! 저 역시 메타포가 무엇인지 메타포를 사용해 말하고 있네요. 이건 습관입니다.

---

* 안토니오 스카르메타, 『네루다의 우편배달부』, 민음사

메타포는 할머니들이 즐겨 사용하는 것이기도 하죠. 저희 할머니는 양장점에서 옷을 맞춰 입던 멋쟁이였는데요, 얇은 천으로 대충 만든 옷을 보면 "얘, 이런 걸 어디다 쓴다니? 개 혓바닥 같아서 못쓰겠구나!" 질색하셨어요. 훗날 알았죠. 할머니들이야말로 메타포의 귀재들이란 것을요! 꼬맹이들도 마찬가지입니다. 제 사촌 동생은 다섯 살 때 할아버지를 '줄넘기'라고 불렀어요. 이유를 물으니 입 주변의 팔자주름이 줄넘기처럼 보여서라나요? 한번은 친척 어른이 제 남동생의 뺨을 검지로 찍어보고 지나간 적이 있었어요. 토실토실한 뺨이 귀여워서였겠지요. 그때 초등학생이었던 남동생이 씩씩거리며 이렇게 말하더군요. "뭐야, 왜 사람을 크림 찍듯 찍어보고 가?" 같이 있던 사람들이 '와하하' 웃으며 좋아했어요. 눈치채셨나요? 저희가 즐거워한 이유는 친척 어른의 행동 때문이 아니었어요. 동생이 사용한 말, 그중 메타포인 "크림 찍듯이"에 크게 공감하며 즐거워했던 거죠.

당신에게 약간의 언어 센스와 유머가 있다면, 당신은 틀림없이 메타포를 자주 사용하는 사람일 거예요. 그리고 유머와 메타포를 사용하는 사람은 분명 매력적입니다. 잘만 사용한다면 메타포는 사람의 마음을 휘어잡을 수 있으니까요. 정말 그래요. 제가 같이 살고 있는 사람 역시 메타포 쓰기를 좋아하는 사람인데요. 이 사람에게 제가 언제 마음을 열게 되었나 생각해보니, 이렇게 시작하는 메일을 받고 나서였어요.

"네 이름을 발음하는 내 입술에 몇 개의 별들이 얼음처럼 부서진다."

미안합니다. 이 문장 앞에서 몸을 긁는 당신, 머리를 쥐어뜯으며 괴로워하는 당신 모습이 보이는군요. 흠흠. 네, 마음껏 욕을 하셔도 좋습니다. 그러나 기억합시다. 메타포가 얼마나 힘이 센지, 사람 마음을 제멋대로 휘어잡을 수 있는지! 저는 이렇게 코가 꿰이고 말았다는 슬픈 전설을 전해드리며……. 당신께 한 가지 제안을 하겠습니다.

지금 당장 손에 잡히는 아무 시집이나 펼쳐보세요. 당신을 사로잡는 메타포를 찾아보시기 바랍니다. 그리고 웃으세요. 아, 어려운 게 아니잖아? 큰소리 탕탕 치시기 바랍니다. 그다음 메타포로 이루어진 문장 몇 개를 만들어보세요. 당신은 시의 오만 가지 비밀 중 커다란 비밀을 손에 쥐었으니, 시와 친구가 된 겁니다.

저는 어느 책을 추천하는 글에서 다음과 같은 문장을 쓴 적이 있습니다. 몸에 대한 '메타포 놀이' 정도라고 해둘까요.

주름

자주 숨는다. 없는 듯 있다가 무방비 상태로 드러난다. 갓난아기와 노인에게 많다. 주로 감정의 선로를 따라 활발하게 움직인다. 당신이 울 때, 혹은 웃을 때 눈가에 생기는 작은 선들. 나는 매번 그 가느다란 선에 걸려 넘어진다. 없었던 주름이 하나씩 생겨나는 것을 보면 몸이 내 영토의 전부라는 확신이 든다.

배꼽

우리가 타인의 가지(몸체)에서 떨어져 나온 열매라는 증거. 사과에게도 배에게도 인간에게도, 배꼽이 있다. 어떤 아이는 이곳에서 아이가 태어나는 줄로 믿는다. 신비하고 어둑한, 세상에서 가장 작은 동굴.

질

좁고 구불구불하고 축축한 통로. 소중한 것들이 밖에서부터 안으로, 때로 안에서부터 밖으로 지나간다. '지나간다'는 건 이 길이 무엇도 영원히 머물게 할 수 없는 길이라는 뜻이다.

이마

근심 상영관. 평온할 땐 아무것도, 아무것도 비추지 않는다.

위

구멍 뚫린 곳간. 영영 채울 수 없는 마음 같은 것. 꽉 차면 탈이 나는 것. 움직이지 않으면 심각해지는 것. 지금까지 내가 먹은 모든 것을 알고 있는, 유일한 주머니.

메타포는 세상의 별명을 지어주는 일입니다. 대단한 능력이 필요한 일이 아닙니다. 놀이지요. 제가 쓴 아래의 시는 놀이하듯이 즐거운 기분으로 쓴 은유에 대한 시입니다.

예술은 낳자마자 걸을 수 있는
망아지처럼 태어나는 것 같다 *
— 은유

사랑은 치마

오토바이는 죽은 체리

---

* 이 시의 제목은 다음에서 인용하였다. 존 버거, 『여기, 우리가 만나는 곳』, 136쪽, 열림원
박연준, 「예술은 낳자마자 걸을 수 있는 망아지처럼 태어나는 것 같다」, 『밤, 비, 뱀』, 현대문학

사진은 얼린 미래

튤립은 술잔
튤립은 작은 매음굴
튤립은 쥐도 새도 모르게 깨진다

의자는 슬픔, 굳은 슬픔

지붕은 발이 묶인 이방인

연필은 시인의 목발
부러져도 살아나는,

추억은 부활하지 않는 신

당신 얼굴은
착한 바람들의 정거장,

내 사랑을 펄럭이게 하네

은유는 지우면서 열기, 잊으면서 사랑하기,
만지면서 떨어지기
그리고?

노래는 허공에서 착지

앤 섹스턴의 『밤엔 더 용감하지』를 읽다 이런 은유를 발견했습니다. "코코아는 내 따뜻한 갈색 엄마". 정말 근사한 메타포 아닌가요? 코코아가 따뜻한 갈색 엄마라니, 저는 이제 코코아를 먹을 때마다 갈색 엄마의 세계로 빠져들게 분명합니다. 끝내주는 메타포를 찾아내 사용한 사람은 독점권이 생깁니다. 코코아에 대한 표현 독점권!

이제 당신이 연습할 차례입니다. 다음 단어들을 살펴보고, 메타포를 사용해 자유로운 문장으로 표현해보세요.

똥

우유

망치

진딧물

가방

친구

종

어린이

당신의 장바구니에 담긴 것

오늘은 당신이 쉬는 날입니다. 겨울을 재촉하는 비가 내리고, 창문을 연 당신은 코끝이 시리다고 생각합니다. 빨개진 코를 만져보다 다시 창문을 닫습니다. 식탁 위엔 사과두 개와 귤 여섯 개가 놓여 있습니다. 당신은 심드렁한 표정으로 귤을 까먹습니다. 사실 무얼 먹어도 완전히 사라지지 않는 허기를 느낀 지 좀 됐습니다. 괜히 달력을 몇 장 넘겨봅니다. 어떤 날이나, 아무 날들. 도래할 시간 앞에서 당신은 막막해집니다.

당신은 서랍에서 양말을 꺼내 신고 코듀로이 갈색 바지로 갈아입습니다. 손끝으로 머리를 매만지고 두툼한 점퍼를 걸치며 나갈 채비를 합니다. 아무런 일도 없이 말이죠.

당신은 마트에 들러 어묵과 콩나물과 두부를 삽니다. 마트 앞에서 붕어빵 한 봉지도 삽니다. 당신은 웬일인지 동네책방 앞에서 걸음을 멈춥니다. 그동안 늘 지나쳐왔던 곳인데 말이지요. 당신은 단지 구경하려는 마음으로 그곳에 들어갑니다. 책을 진열하던 주인과 눈이 마주쳐 목례를 합니다. 주인과 당신과 책들만 놓인 책방. 이곳은 작고 고요합니다. 당신은 느슨한 술래처럼 책방을 천천히 돌아봅니다. 이름을 들어본 적 있으나, 읽어본 적 없는 이의 시집을 한 권 사서 나옵니다.

이제 당신의 식탁엔 뜨거운 커피와 붕어빵, 그리고 백석 시집이 한 권 있습니다. 시집이라, 당신 집엔 없던 물건입니다. 당신은 시를 읽어본 적이 '거의' 없습니다. '시'라는 게 존재한다는 걸 알고 있으나 관심을 둔 적이 없던 거지요. 기대 없이 시집을 들춰봅니다. 차례대로 읽어내는 일은 버거우니 듬성듬성 넘겨봅니다. 대부분 무슨 얘기인지 알 것도 모를 것도 같아 고개를 갸웃거립니다. 그러다 당신은 「흰 바람벽이 있어」라는 시 앞에서 놀란 사람처럼 멈춰 섭니다. 처음 겪어보는 묵직한 통증을 느낍니다. 이상한 통증입니다. 슬프고 아릿한데 충만하고 기꺼운 마음이 드는, 머물고 싶은 통증입니다. 당신은 다시 한번 찬찬히 시를 읽어봅니다.

흰 바람벽이 있어

백석

오늘 저녁 이 좁다란 방의 흰 바람벽에
어쩐지 쓸쓸한 것만이 오고간다.
이 흰 바람벽에
희미한 십오촉 전등이 지치운 불빛을
내어던지고
때글은 다 낡은 무명 셔츠가 어두운
그림자를 쉬이고
그리고 또 달디단 따끈한 감주나 한 잔 먹고
싶다고 생각하는 내 가지가지 외로운 생각이
헤매인다.

그런데 이것은 또 어인 일인가.
이 흰 바람벽에
내 가난한 늙은 어머니가 있다.
내 가난한 늙은 어머니가
이렇게 시퍼러둥둥하니 추운 날인데 차디찬
물에 손을 담그고 무이며 배추를 씻고 있다.
또 내 사랑하는 사람이 있다.
내 사랑하는 어여쁜 사람이

어느 먼 앞대 조용한 개포 가의 나지막한
집에서
그의 지아비와 마주 앉아 대굿국을 끓여
놓고 저녁을 먹는다.
벌써 어린것도 생겨서 옆에 끼고 저녁을
먹는다.

그런데 또 이즈막하여 어느 사이엔가
이 흰 바람벽엔
내 쓸쓸한 얼굴을 쳐다보며
이러한 글자들이 지나간다.
— 나는 이 세상에서 가난하고 외롭고 높고
쓸쓸하니 살아가도록 태어났다.
그리고 이 세상을 살아가는데
내 가슴은 너무도 많이 뜨거운 것으로
호젓한 것으로 사랑으로 슬픔으로 가득 찬다.

그리고 이번에는 나를 위로하는 듯이 나를
울력하는 듯이
눈질을 하며 주먹질을 하며 이런 글자들이
지나간다.
— 하늘이 이 세상을 내일 적에 그가 가장
귀해하고 사랑하는 것들은 모두 가난하고

외롭고 높고 쓸쓸하니 그리고 언제나 넘치는
사랑과 슬픔 속에 살도록 만드신 것이다.
　초승달과 바구지꽃과 짝새와 당나귀가
그러하듯이
　그리고 또 '프랑시스 잠'과 도연명과 '라이너
마리아 릴케'가 그러하듯이.*

"이 세상에서 가난하고 외롭고 높고 쓸쓸하니 살아가도
록" 태어날 수밖에 없는 사람을 생각하며, 당신은 일어섭니
다. 마트에서 사 온 어묵을 썰고 멸치 육수를 냅니다. 끓는
물의 요란한 뒤척임을 바라봅니다. 어쩐지 당신은 조금 울
고 싶어지는 기분입니다. 울고 싶은 가운데, 사라지는 허기
를 생각합니다. 창밖으로 해가 지고 있습니다.

오늘 밤 자리에 누우면 당신은 '흰 바람벽'을 하나 가지
게 될지 모릅니다. 그 위로 당신이 사랑하고 당신을 사랑한
것들이 훠이훠이 지나다니도록 두겠지요. 흰 바람벽 위로
지나다니는 글자들이 있어, 당신을 다른 세계로 데려갈지
도 모르겠어요.

－－－－－－－－－－－－－－－－

*　백석, 「흰 바람벽이 있어」, 『정본 백석 시집』, 문학동네

밤, 촛불, 시, 비밀

다시, 밤입니다. 이런 밤엔 먼 곳에서 시작해 지금 이곳을 지나는 중인 것들을 상상해봅니다. 문장으로 만들어보기도 하지요.

"늙은 귀뚜라미가 지나간다. 눈먼 도토리가 지나간다. 낙엽들이 지나간다. 비닐봉지가 지나간다. 혼자 된 기러기가 지나간다."

이렇게 써놓고 나면 창밖으로 밤이 등을 보이고 서 있는 것 같아요. 밤의 등허리를 밟고, 줄지어 가는 작은 것들을 '알아보는' 기분. 그냥은 볼 수 없고 어느 순간 겨우 '알아채' 볼 수 있는 것들을 기록하는 순간 말입니다. 아마도 밤에 홀로 깨어있는 과학자가 무언가를 처음 발견했을 때의 기분과도 같을 거예요.

시를 쓰는 사람은 문장을 믿는 사람입니다. 지우면 사라지고 마는 문장을. 시작하면 순식간에 달려나가는 문장을.

넘어지는 문장, 피가 나는 문장, 괴물처럼 뭉개지는 문장을
요. 시를 쓰는 사람은 문장에 진실을 올려두고 아슬아슬 서
있는 그것을, 바라보려는 사람입니다. 문장은 사진이나 영
상이 담을 수 없는 것을 단 몇 줄로 보여줄 수 있습니다. 천
년의 시간, 우주의 아득한 에너지, 평생에 걸쳐 얻어낸 누
군가의 깨달음을 종이 한 장에 담아낼 수 있습니다. 혼자
고요히, 종이와 연필이 있다면요.

가스통 바슐라르는 『촛불』이란 아름다운 책에서 이렇
게 썼습니다.

방빌은 카몽이스가 촛불이 꺼지자 자기
고양이의 눈빛에 기대어 시 쓰기를 계속한다고
적고 있다. 자기 고양이의 눈빛에 기대다니!
그런 부드럽고 섬세한 빛의 존재를 믿는다는
것은 곧 모든 시시한 빛 '저 너머'에 있는 빛의
존재를 믿는 것이다. 지금은 없지만, 촛불은
있었다. 그것은 밤샘을 시작했었고, 그러는
동안 시인이 시작詩作을 시작했다. 촛불은
영감 받은 시인과 함께, 영감을 주고받는 삶,
공동의 삶을 영위했다. 촛불 아래에서, 영감의
불 속에서, 시인은 한 행 한 행, 자기 자신의
삶을, 자신의 불타는 삶을 펼쳤다. 책상 위의

대상들에겐 모두 자기만의 희미한 후광이
있었다. 고양이가 거기, 시인의 책상 위에 앉아,
새하얀 꼬리를 온통 문갑에 대고 있었다.*

저는 바슐라르가 쓴 이 문장 앞에서 얼어붙을 뻔한 적이
있습니다. 뜨거워서 얼어붙을 것 같은 기분을 아시나요?
바슐라르는 프랑스 시인 방빌이 포르투갈 시인 카몽이스의
밤샘에 대해 적어놓은 자료를 언급합니다. 촛불이 꺼지자
"자기 고양이의 눈빛에 기대어" 시 쓰기를 계속한다고 적
어놓은 부분이지요. 바슐라르는 이 얘기를 인용하며 "어느
시인이 다른 시인에 대해 공감하면서 말할 때, 그가 하는
말은 갑절로 진실하다"고 쓰고 있습니다. 이야기에 공감하
며 말하는 바슐라르 역시 갑절로 진실해서, 읽는 우리를 아
득하게 만들지요. 진실이란 아득한 법입니다. 바슐라르의
문장은 빛나는 사유를 '압축'해 보여주는 칼입니다. 우리는
이런 힘을 가진 문장들이 연결되어 모여있는 형상을 일컬
어, '시'라고 부르지요. 그의 산문은 시에 가깝습니다. 그가
시의 토양 위에서 말하고 있기 때문이지요.

꺼지지 않는 촛불. 누군가 들여다볼 때 야위는 심지. 순

---

* 가스통 바슐라르, 『촛불』, 마음의숲

간 맹렬히 일어서는 고양이의 눈, 그 속에 깃든 생의 비밀.
시를 쓰는 사람의 일이란 아직 촛불을 켜는 사람, 밤의 비
밀을 지키려는 사람의 일인지도 모르겠습니다.

당신이 홀로 기대고 있는 '빛'이 있다면, 무엇인가요?

시를 어떻게 이해해야 할까요?

오늘 당신은 이렇게 말했습니다. 제 시의 1연과 2연 사이의 거리가 멀어 시를 이해하기 어렵다고요. 읽다 손을 놓았다며, 시를 어떻게 이해하면 좋을지 물었습니다. 안경 너머로 반짝이는 눈동자, 희끗한 머리를 기울이며 질문하는 모습이 진지해 보였습니다. '문제의' 그 시는 이렇습니다.

당신이 꽃을 주시는데
테이블에 던져놓고 잊어버린 밤

사라진 것은 밤이 아니라 빛의 다른
이름이다 *

1연에 등장하는 '그 밤'이 어떤 밤인지 모르겠다고, 게다가 사라진 건 무엇이며 빛의 다른 이름은 또 뭐고, 이것

---

* 박연준, 「이제 어떤 키스가 내 입술을 벨 수 있을까」, 『베누스 푸디카』, 창비

들을 통해 알아채야 하는 것은 무엇인지 당신은 궁금해했습니다. 자, 저도 질문을 좀 해볼게요. 당신은 이 시를 통해 뭔가를 '알고' 싶으신가요? 안다면, 당신은 알아낸 것으로 무엇을 하려 하나요?

시를 대하는 태도에는 정답도 오답도 없습니다. 다만 한 가지 말씀드릴 수 있는 것은 시는 '이해받고 싶어 하는 장르'가 아니라는 겁니다. 그러니 당신이 시를 앞에 두고 이해하고 싶어 하거나 이해할 수 없어 괴로워한다면, 아예 처음부터 다르게 접근해보라고 권하고 싶습니다. '시'라는 집의 입구를 다른 쪽에서 찾아보는 게 어떨까요?

테이블에 놓인 음식 앞에서, 라디오에서 나오는 음악 앞에서, 벽에 걸린 그림 앞에서 당신은 어떤 태도를 보이나요? 당신은 그것들을 '이해'하나요? 신선한 샐러드 한 접시엔 어떤 의미가 담겨있나요? 베토벤의 〈월광 소나타〉에는요? 고흐의 작품 〈해바라기〉엔 어떤 의미가 있나요? 의미란 작위적인 것이므로, 만드는 사람의 마음에 따라 얼마든지 지어낼 수 있습니다. 의미는 복잡하거나 단순해질 수 있고, 무거워지거나 가벼워질 수 있어요.

태극기엔 의미가 있지요. 사랑하는 사람의 기일엔 의미가 있어요. 산문이나 표어엔 의미가 있습니다. 그러나 아이

의 웃음에는 의미가 없습니다. 그냥 웃음이죠. 저녁 때 들
리는 산비둘기 소리엔 의미가 없어요. 동물의 구부정한 등,
그 수그림엔 의미가 없습니다. 음악에는 의미가 없어요. 너
무 많아서 없는 거죠. 예술에는 답이 없습니다. 리듬, 소리,
운율, 색, 춤, 맛, 그리고 시에는 의미가 없습니다. 그것들은
이해할 게 아니라, '감각'해야 합니다.

    내가 사물을 보고 사람들이 그에 대해 무슨
생각을 하는지 생각할 때마다,
    나는 자갈에 부딪혀 청량하게 소리 내는
시냇물처럼 웃는다.
    왜냐하면 사물들의 유일한 숨은 의미는
    그것들에 아무런 숨은 의미도 없다는
것이니까.
    그 어떤 이상함들보다,
    그러니까 모든 시인들의 꿈들과
    모든 철학자들의 생각보다 이상한 것은,
    사물들이 정말로 보이는 그대로 존재한다는 것
    그리고 이해할 거라고는 아무것도 없다는 것.

    그래, 이것들이 내 감각들이 혼자서 배운
것들이다.
    사물들은 의미를 지니지 않는다. 존재를

지닌다.

  사물들의 유일한 숨은 의미는 사물들이다.*

  시도 그렇게 대해주세요. 맛을 보세요. 언어로 이루어진 거라 해서 의미를 찾으려 들면 시는 당신을 자주 배반할 겁니다. 시는 언어를 사용하지만 언어를 벗어나, 의미 너머로 가고 싶어 하기 때문입니다. 김춘수 시인의 「VOU」라는 시를 볼까요?

  VOU라는 음향은 오전 열한시의 바다가
  되기도 하고, 저녁 다섯시의 바다가 되기도
  한다. 마음 즐거운 사람에게는 즐거운 한때가
  되기도 하고, 마음 우울한 사람에게는
  자색紫色의 아네모네가 되기도 한다. 사랑하고
  싶으나 사랑하지 않는 사람에게는 그만한
  이유가 되기도 한다.**

  이 시에서 'VOU'가 어떤 의미인지, 이해하고 싶으신가요? 이런 시 앞에선 이해나 의미가 무색해진답니다. 그보

---

 * 페르난두 페소아, 「양 떼를 지키는 사람」, 『시는 내가 홀로 있는 방식』, 민음사
** 김춘수, 「VOU」, 『김춘수 시전집』, 현대문학

다 시가 시로서 내는 소리, 뉘앙스, 에너지를 받아들이고
맛보세요. 소리내어 읽어보세요.

　잘 만들어진 시조차 '태어나는 것'이기에, 의미를 찾으
려 할수록 아리송해질 뿐입니다. 부디 시를 빵처럼 씹고,
커피처럼 마셔보세요. 맛이 없으면 뱉으면 됩니다. 당신의
입맛에 맞는 시가 분명히 있을 거예요.

시는 왜 이렇게 어려운 거죠?

조지 오웰은 이런 이야기를 했습니다. "광장에 모인 사람들을 빨리 해산시키려면, 그들에게 시를 읽어주면 된다"고요. 이 이야기는 저를 웃게 하는 동시에 슬프게도 합니다. 오해하지 마세요. 조지 오웰은 시를 싫어하는 사람이 아니었습니다. 오히려 BBC 라디오방송 피디로 일하며, 시인들을 초청해 자작시를 낭독하게 했습니다. 그는 시의 대중화를 위해 노력했지요. 결과요? 아시잖아요. 시가 대중화되기 얼마나 힘든 장르인지! 사람들은 왜 시와 친해질 수 없을까요? 시에 대해 막연히 이런 생각을 갖고 있는지도 모르지요.

- 시는 어렵다.
- 시는 재미없다.
- 시는 딴 세계 이야기다.
- 시를 어떻게 읽어야 할지 모르겠다.

시를 처음 접하는 분이라면, 이런 선입견을 갖는 것도

무리는 아닐 겁니다. 시는 일상어를 쓰지만 언어를 낯설게 쓰고, 다른 호흡을 사용하거든요. 물고기가 아가미 호흡을 하듯, 시의 언어는 '시 호흡'을 한다고 말할 수 있겠네요. 네루다의 시 「불을 기리는 노래」*의 한 부분을 읽어볼까요? 그가 '불'을 어떻게 표현하는지 보세요.

> 사납고,
> 힘찬,
> 눈멀었지만 눈으로 가득 찬,
> 뻔뻔스럽고,
> 느리고, 갑작스러운 불이여.
> 황금의 별,
> 장작 도둑,
> 양파 삶는 요리사,
> 이름 높은 불꽃의 악당,
> 백만 개의 이빨을 가진 미친개요,
> 내 말을 들어보라,
> 가정의 중심,
> 불멸의 장미나무,
> 삶의 파괴자,

---

* 파블로 네루다, 「불을 기리는 노래」, 『너를 닫을 때 나는 삶을 연다』, 민음사

빵과 화덕의 천상의 아버지,
바퀴와 편자의
고명한 선조,
금속들의 꽃가루,
강철의 창시자,

　당신이 모닥불 앞에 앉아 친구들에게 이렇게 말한다고
상상해보세요. "얘들아, 불 좀 봐. 이 장작 도둑! 황금의 별,
불꽃의 악당, 강철의 창시자를 좀 보렴!" 아마 몇몇은 기겁
을 하며 도망갈지도 모릅니다. 대개는 알아듣지 못할 뿐더
러, 이런 식의 화법을 원하지도 않을 테죠. 계속 이렇게 말
한다면, 당신은 곧 혼자가 될지도 모릅니다.

　시는 용도가 없는 말하기입니다. 시는 생각의 전복顚覆,
새로운 시선, 놀라움, 무의식, 긴장과 떨림으로 버무려진
'소리 모음'입니다. 일상에서 주고받기엔 벅찬 언어지요.
시인들은 언제나 다르게 말하고 싶어 하는 존재니까요. 게
다가 시는 생략에 능하고, 설명이라면 질색을 하는 장르지
요. 500페이지로 써놓은 누군가의 삶을 단 몇 줄로 축약할
수도 있죠. 그러니 당신이 시가 어렵다고 느낀다면, 당연한
거예요. 이해합니다.

　어려움을 받아들인다면 당신은 시를 통해 덜 보거나 더

볼 수 있습니다. 말과 말 사이, 문장과 문장 사이, 종이에 쓰이지 않은 더 많은 '투명한 말'을 통해 당신이 상상하기를, 시는 바랍니다. 시는 비약하고 활강하고, 사라졌다 나타납니다. 시는 귀신이죠. 있거나 없어요. 몇 마디로 당신을 쓰러트릴 수 있고, 발견해주지 않으면 평생을 바위처럼 굳어 있기도 합니다. 당신 앞에서 시는 벽이 될 수도, 함박눈이나 는개, 소나기가 될 수도 있어요. 당신의 마음이 열린 정도에 따라서 무엇도 될 수 있습니다.

시가 어렵다면 날아가는 새를 바라보세요. 저 새가 어려운가요? 그렇다면 시도 어렵습니다. 시는 착지를 거부하는 새. 어렵지만, 아니 어려워서 아름답지요.

시를 읽는 방법
― 악기를 연주하는 사람

당신은 오늘 시집 한 권을 선물 받았습니다. 난감한 것을 받았군, 몰래 한숨을 쉬었을지 모르겠습니다. 작고 가벼운 것. 후루룩 책장을 펼치면, 날갯짓하는 새처럼 보이기도 하는 것. 낯선 배열로 불친절하게 놓인 글자들. 알 듯 말 듯한, 기도문 같기도 하고 마녀의 주문 같기도 한 것. 당신은 이렇게 말할지도 모릅니다. 이게 다 무슨 소리지? 내가 아는 말들이지만, 전혀 모르겠어. 시인들이란 왜 이런 식으로 말하는 걸까? 시를 '어떻게' 읽어야 하지?

각설하고, 비밀을 말씀드릴게요. 시는 '소리 내어' 읽을 때 자기 모습을 보여줍니다. 기억하세요. 당신이 혼자 방에 앉아, 소리 내어 읽을 때, 시는 얼굴을 보여줄 겁니다. 시인 로르카 역시 이렇게 말한 적 있어요. "시는 입으로 읊는 것, 책 속의 시는 죽은 것." 그러니 여러분이 들고 있는 시집 속 글자들, 책 속에 못박혀있는 글자들은 잠자거나, 죽은 척하는 말들입니다. 시인이 시를 쓰던 당시엔 펄펄 살아 날뛰던 글자들이었겠지요. 종이에 인쇄된 후 납작하게 눌려 움직이지 못하게 된 글자들을, 소리들을, 아니 음악을 깨워보세요. 깨우려면 당신이 필요합니다. 당신의 입술, 목소리, 숨결로 글자들을 데려가보세요. 실험해볼까요? 다음 시를 먼저 눈으로만 읽어보세요.

눈에서는 무엇이 나올까
나를 사랑하는 눈물 말고

눈동자는 무슨 맛이 날까
영혼의 맛이 이럴까

눈에서 나오는 빛을 빛이라 할 수 있을까.
눈에서 나왔다고 몸의 것이라 할 수 있을까.
눈빛은 미리 귀신일까. 아빠 가고 석 달 열흘을
울고 방문을 연 엄마의 눈빛을 뭐라 할까.
280일간 검은 물에 떠 있다가 생전 처음 컬러로
된 내 얼굴을 마주 보던 내 딸의 눈에서 나오던
빛은 뭘까.

우리는 영혼의 뒤꿈치로 보는 걸까
우리는 선 채로 꾸는 꿈일까

식기 전에 먹자면서
생물의 시신을 나누는
가족의 눈에서 나오는
빛은 무엇일까

바닥에 쏟아진
두 모금의 물이
되쏘는 빛은 뭘까

문 닫은 창 앞에서 서성거리는
별의 눈빛은 어떨까

죽은 다음에도 보는 일을 쉬지 않는
저 슬픔을 뭐라 할까*

　이제 천천히 '당신의 호흡으로, 무대 위에서 하듯' 낭독
해보세요. (꼭 해보세요!)
　소리 내어 읽으면, 시가 열립니다. 소리 내어 읽으니 시
인의 호흡과 에너지, 걸음걸이, 한숨, "미리 죽은" 눈빛까지
보이는 것 같지 않나요? 소리는 시의 몸입니다. 몸을 두고

＊ 김혜순, 「미리 귀신」, 『날개 환상통』, 문학과지성사

뛸 수 있나요? 몸을 두고 멀리 갈 수 있나요? 몸을 두고 사랑할 수 있나요? 소리 내어 시를 읽는 사람이 머문 방에는 한동안 시의 령靈으로 가득 찹니다. 다른 기운을 뿜어내죠. 시를 읽는 소리는 세상의 공기를 희석해요. 읽는 것, 가능하면 소리 내어 읽는 것. 그게 시를 읽는 가장 좋은 방법이에요.

한 가지 더 말해볼까요. 저는 시를 읽을 때, 쉬운 외국어 책을 읽는다고 생각하고 읽어요. 가령 영어를 처음 배울 때 문장 앞에서 막막해지잖아요. 포기하지 않고, 쉬운 어휘로 이루어진 동화책을 읽는다고 생각해보세요. 모르는 단어가 간혹 나올 수 있겠지만 무시하고 계속 읽다 보면 '조금은 알겠는데?' 하는 순간이 오잖아요? 그러다 어느 순간 갑자기 잘 읽히면! 새로운 언어 하나를 '서투르게 가지게' 된 것 같아 기쁘지요. 낯선 언어에 대한 두려움이 사라지는 순간이 오고, 그 언어만의 규칙과 호흡을 설풋 깨닫게 되죠. 아, 물론 시를 읽는 것은 외국어를 읽는 것보단 훨씬 쉽습니다! 적어도 어휘에 대한 두려움은 갖지 않아도 되니까요. 대신 새로운 호흡과 시인 특유의 발화 방식, 언어에 깃든 상상력과 리듬을 감지하며, 거기에 익숙해지면 됩니다. 좋은 시인은 시 속에서 '자기 언어'를 가집니다. 그건 우리말이지만, 그 시인만의 언어이기도 하죠. 그의 개성이 강할수록 읽기 쉽지 않을 수 있어요. 그래서 새로운 언어를 접하듯 읽어보라고 권하는 겁니다.

낯선 시를 접할 때마다 새로운 장르의 음악을 접한다고 생각해주세요. 시인들의 언어는 저마다 다른 언어라 어렵게 느껴질 수 있습니다. (시인들도 낯선 시를 읽을 땐, 어려워 낑낑대며 읽기도 합니다.) 낯선 장르의 음악도 몇 번 들으면 익숙해지듯, 시의 언어도 들여다볼수록 눈과 귀가 뜨일 거예요. '다르게 말하기'를 시도하는 게 시인들이기에 조금은 다르게 들여다보는 자세가 필요합니다. 시의 언어는 의사소통을 위한 언어가 아니니까요. 그보다 언어로 공중에 머물기, 말 뒤에 숨기, 말을 이용해 다른 몸으로 가기. 이런 쓸데없지만 아름다운 시도를 하는 게 시라는 장르이고, 시인들입니다.

그러니 읽을 때 이해에 초점을 두지 마세요. 시는 언제나 소리가 되고 싶어 하는 장르이므로 소리 내 읽어보고 '아, 소리가 좋다. 읽다 보니 왠지 마음이 아프네. 잘 모르겠는데, 알 것도 같아.' 이런 마음이 든다면 아주 좋습니다.

시의 독자는 악기를 연주하는 사람과 같아요. 연주하듯 읽어보시길 권합니다. 음악에서 연주자의 위치, 그게 시 독자의 위치입니다. 당신의 의지, 당신의 목소리를 통해야만 시는 얼굴을 보여줍니다. 언어를 연주해주세요.

칼처럼 빛나는 한 줄

시인 김소연은 단 한 줄로, '등'에 대해 이렇게 썼습니다.

동물은 평화롭고 생선은 푸르며 사람은
애처롭다. *

이런 한 줄은 칼 같아서 위험하게 빛납니다. 안쪽 어딘가를 베일 것 같지요. 무언가 획 지나간 후, 통증에 가까운 놀라움과 통찰이 뒤따르는 문장. 종이에 손을 벨 때처럼 바로 상처를 찾기도 어렵습니다. 명료하고 심플한 것. 반듯하고 깨끗이 잘린 것. 사물의 이면을 보여주는 것. 모두의 입을 다물게 만드는 한 줄! 이런 게 시 아닐까요?

사실 위의 문장은 김소연 시인의 산문에서 가져온 문장입니다. 그는 산문과 운문 따위를 구분하고 싶어 하지 않는 것처럼 보이네요. 어떤 문장은 시보다 더 시인 듯 보이고,

---

* 김소연, 『한 글자 사전』, 마음산책

그것을 시가 아니라고 할 순 없을 것 같습니다.

칼을 품은 모든 문장은 시와 가깝습니다. 특별한 에너지가 실린 누군가의 행동, 표정, 눈빛은 시가 될 수 있어요. 그림이나 춤, 음악도 시가 될 수 있지요. 대체로 마음을 울렁이게 하는 어떤 것엔 시가 담겨있습니다. 그럴 때 우리는 '시적詩的이다'라는 말을 쓰지요. 다른 언어로도 존재합니다. 영어로는 포에틱poetic, 독어로는 포이티쉬poetisch, 불어로는 뽀에띠끄poétique, 일본어로는 시떼끼詩的라는 말이 '시적이다'란 뜻을 지닙니다. 재미있지 않나요? 세상 곳곳에 시적인 것은 존재하니, 그것을 표현하는 다양한 언어가 있는 거겠지요. 어느 날 당신의 친구가 창의적인 비유를 써서 말한다면, 아이가 처음으로 소리 내어 글 읽는 장면을 목격한다면, 벚꽃 흩날리는 뒤뜰 풍경을 본다면 당신, 이렇게 말하셔도 돼요. 이것 참 시적인데?

시는 '감정 탐구서'이자 세상 이치를 새롭게 들여다본 '관찰기록'입니다. 탐구하고 관찰하며 수집하고 기록하는 일은 시인의 특기이죠. 과학자의 일과 비슷해 보일지도 모릅니다. 다만 시인은 보이지 않는 것, 정답이 없는 것에 골몰한다는 점이 다르겠지요. 증거를 댈 수 없지만 놀라운 한 줄로 기록할 순 있습니다. 한 줄로, 당신을 잠시 포박할 수도 있지요. 과학자들이 연구 성과를 논문으로 쓰듯, 시인은 시적 언어로 표현합니다. 존재하지만 그 누구도 이름 붙이지 않은 것에 대한 보고서를 쓰지요. 분방한 글. 구태의연한 문장은 핍박 받고, 비유와 음악을 입은 문장이 살아남는 글.

시에서 한 줄은 전부입니다. 한 줄 한 줄이 작품 전체의 무게를 동시에 감당하죠. 시에선 엑스트라가 없어요. 종이라는 무대에 등장한 모든 언어는 꼼꼼히 스포트라이트를 받으니까요. 숨을 곳이 없지요. 쉼표나 마침표 하나까지, 언어가 만드는 호흡과 리듬, 질감과 에너지, 높낮이, 방향성…… 이 모든 게 한 줄, 그리고 또 한 줄에 담깁니다. 삐끗하면 모두가 알아채죠. 독자가, 시인이, 낱낱의 단어들이 알아챕니다. 시인은 한 줄에 모든 걸 걸고, 그다음 한 줄로 넘어갑니다. 다시, 모든 걸 걸기 위해서.

혹시 가지고 있는 시집이 있다면 아무 곳이나 펼쳐보세요. 단 한 줄, 당신을 가로지르는 한 줄을 찾아보세요. 당신을 가로질러, 당신을 두 개로 쪼개놓는 한 줄. 그런 걸 찾아보세요. 숨어있을 거예요. 이건 그냥 숨은그림찾기 같은 거예요. 당신이 찾아주지 않으면 평생 드러날 수 없는 어떤 문장이 갈피에 숨어있는 일. 누군가에겐 우습고, 누군가에겐 슬프고, 누군가에겐 놀라운 일이 될 한 줄.

마침 제 옆에 놓인 존 버거의 『모든 것을 소중히 하라』

라는 책에 시가 가득 들어있네요. 이 책에서 인용된 나짐 히크메트Nazim Hikmet의 시가 오늘 제가 찾은 한 줄입니다. 소개할게요. 너무 좋아서 한 줄만은 안 되겠네요.

가장 아름다운 바다는
아직 건너지 못했어요.
가장 아름다운 아이는
아직 자라지 않았어요.
가장 아름다운 날들은
아직 나타나지 않았어요.
그리고 내가 당신에게 해주고 싶은 가장
아름다운 말은
아직 말하지 못했어요. *

---

* 나짐 히크메트의 시, 「9-10pm, Poems」, 존 버거의 『모든 것을 소중히 하라』에서 인용

곳곳에 숨어있는 기적

당신은 기적을 믿나요? 기적이란 무엇인가요? 일어날 가능성이 없다고 생각한 일이 일어나는 일? 간절히 바라던 게 이뤄지는 일? 어쩌면 기적은 그리 대단한 게 아닐지도 모릅니다. 봄이 오는 기척을 곳곳에서 발견할 때, 저는 잠시 기적을 떠올려요. 전염병이 창궐해 사람과 대면하는 게 두렵고, 인심이 흉흉하고, 어른이나 아이나 할 것 없이 스트레스가 한계치에 도달하는 시절에도 봄은 오는구나, 느끼게 될 때 말이지요.

오늘 오후에 그랬습니다. 마스크를 뒤집어쓰고 터덜터덜 걸어가는데 산수유나무에 노란 꽃망울이 다닥다닥 맺힌 것을 보았어요. 갓난아기 손톱만큼 작은 크기로 돋아났더 군요. 마스크를 잠시 벗고, 한자리에 멈춰 서서 보았지요. 이게 기적이야!

15세기에 활동한 일본의 선승, 잇큐一休는 이런 선시를 남겼습니다.

벚나무 가지를 부러뜨려봐도
그 속엔 벚꽃이 없네.
그러나 보라. 봄이 오면
얼마나 많은 벚꽃이 피는가.

시는 평이함 속에서 기적을 꺼내는 일입니다. 벚나무 가지를 부러뜨려봐도 그 속엔 없던 벚꽃이, '짠' 하고 피어나는 일. 자연의 섭리, 그 평이함 속에서 특별함을 찾아내 감탄하는 일이지요.

아이들은 기적을 믿는 동물입니다. 히어로 시리즈에 나오는 인물, 이야기책의 주인공, 만화 속 동물과 인형까지 사실이라고 믿습니다. 이 또한 기적이죠. 완전한 감정이입! 의심하지 않고 믿는 일이요. 어른에게 기적을 물으면 '로또에 당첨되는 일'이라고 말하지 않을까요?

〈진짜로 일어날지도 몰라 기적〉은 기적을 찾아 나선 아이들의 모험을 그린 영화입니다. 아이들 각자에겐 소원이 있어요. 주인공 아이는 헤어져 따로 사는 부모님이 같이 살게 해달라는 소원을, 다른 아이들은 그림을 잘 그리고 싶다, 달리기를 잘하고 싶다, 배우가 되고 싶다, 아버지가 파친코를 하지 않았으면 좋겠다, 죽은 반려견이 다시 살아나면 좋겠다, 이런 소원을 품고 있습니다. 이들은 함께 떠납니다. 새로 생긴 고속 열차가 반대편에서 오는 기차와 마주치는 순간에 소원을 빌면 이루어진다는 얘기를 들었거든요. 소문은 아이들에게 확신이 되고, 기적을 이루는 유일한 방법이 됩니다. 영화는 아이들의 순수한 마음을 담백하게 보여주는데 그게 참 뭉클한 데가 있어요. 가만 보면, 아이들은 대단한 기적을 바라는 게 아니지요. 그저 자기가 사랑하는 대상을 무사히, 더 사랑할 수 있게 해달라고 비는 것에 지나지 않으니까요.

누군가 제게 기적이 무엇이냐고 묻는다면, 기적이란 '내가 사랑하는 사람이 나를 사랑하는 일'이라고 대답하겠습니다. 그게 참, 쉬운 듯 보여도 쉽지 않잖아요?

오늘 밤 저는 〈진짜로 일어날지도 몰라 기적〉을 한 번더 보겠습니다. 곳곳에 숨어있는 기적을, 아이들이 품고 있는 무구한 기적을 천천히 찾아보겠습니다.

분노도 시가 될 수 있을까

2016년 6월 17일, 강원도 횡성의 한 아파트에서 투신자 살한 17세 소녀가 있습니다. 소녀는 남학생 세 명과 어울리다 새벽 세 시쯤 일행 중 하나인 남학생의 집으로 들어갔고, 두 시간 뒤 9층 창문에서 떨어져 죽었습니다. 남학생들은 성관계 사실은 인정하나 끝내 성폭행 혐의를 부인했습니다. 소녀는 9층에서 뛰어내렸는데, 폭력은 없었다는 안온한 밤이 있습니다.

몇 달 동안, 밤마다 소녀를 생각하며 울었습니다. 주먹을 쥐고 울었어요. 죽음 직전, 끌려다닐 때 입던 흰 티셔츠를, 짧은 반바지를, 잃어버린 속옷을 생각했습니다. 남자애들이 차례로 올라탄 몸을 생각했습니다. 너무 가벼워, 빈 봉지처럼 휘날릴 것 같아, 9층 아래로 떨어뜨릴 수밖에 없던 몸을 생각했습니다. 하찮음. 소녀는 그 새벽, 삶을 하찮게 만들어버린 존재들의 '사악한 멍청함'을 끌어안고 뛰어내렸습니다. 그래서 저는 시를 썼습니다. 우리가 같이 썼습니다.

할 수 있지 내 팔을 부러뜨릴 수 있지 내
모가지를 부러뜨릴 수 있지 내 상체와 하체를
동강내 하나씩 가질 수 있지 더 무거운 쪽을
내려놓을 수 있지 더 가벼운 쪽을 모자처럼 쓸
수 있지 머리 가죽을 벗길 수 있지 얼굴에서 눈
코 입을 떼어내 다시 배열할 수 있지 내 위에
올라탈 수 있지 올라타서 쑤셔 넣을 수 있지
함부로 몰아가며 사정할 수 있지 내 영혼을
봉쇄할 수 있지 라고 노래하던 종이

떨어졌다

비켜 봐요!
잡을 수 없는 종,
잡을 수 없는
종,
잡을 수 없는 종을 보게
비켜 보세요

나예요, 스스로 나예요,
내가 내려요 스스로, 나예요,
내리고 마는 나를, 떨어뜨려요 비가
스스로 나를, 멀리로 비가, 보내려는 나를,

떨어져요, 몰래, 스스로, 내려요, 비가
나예요
　(나도 그랬어)

이것 좀 봐!
어제 내내 나를 덥혀준 혀들이,
완전히 새것인 혀들이
노래 부른다 우리를 위해
나도 그랬어 올라가는 게 뭔지
몰랐어
나도 그랬어. 자꾸만 길이
길어졌어
나도 그랬어

나는 그게 기타인 줄 알았는데,
밟으면 다시 튕겨 올라갈 줄 알았는데
다리가 젖고
무릎에서 다 늙은 달팽이들이 기어 나오고
음악이 끝나고
저기, 엄마가 기다린다

내가 가고,
엄마는

　주홍색 비명 속에 들어가 자는 사람 능소화
속에서 피리를 부는 사람

　사과는 먹히기 전에 합의한 적이 없다
　나예요, 스스로. 나예요,
　음식은 스스로 음식이 되겠다고 합의한 적이
없다
　내가 내려요 스스로, 나예요
　어디로 갈까 이 밤에, 밤이 되겠다고 합의한
적이 있니
　내리고 마는 나를, 떨어뜨려요 비가
　세 명의 남자아이들을 따라간 날
　스스로 나를, 멀리로 비가, 보내려는 나를,

　떨어져요, 내가
　잡을 수 없는 종,
　잡을 수 없는
　(나도 그랬어)＊

＊　박연준,「혀 위의 죽음」,『베누스 푸디카』, 창비

어떤 시를 쓸 때는 제가 시퍼런 불꽃 위에서 타오르는 기분이 듭니다. 도깨비불처럼 파란 불꽃. 저는 악에 받쳐 차라리 고요해지죠. 적의가, 저를 고요로 이끕니다. 고요의 중심을 찢고 시작하지요. 저 말고, 죽은 소녀가 시작해요. 죽은 소녀들이 시작합니다. 그들이 제 몸에 들어와 저를 타고 놀아요. 그때 몸은 믿을 수 없이 가볍죠.

이 시를 쓸 때, 갑자기 많은 여자아이들이 '함께' 노래하려고 해서 당황했어요. 여기저기서 불쑥 끼어드는 그녀들의 목소리로, 시는 저절로 완성되었어요. 우리는, 그녀들과 저는 너무 뜨거워서 자꾸 얼어붙었어요.

9층에서 뛰어내리는 소녀의 상태, '죽음의 진행'을 슬로우 모션으로 기록하고 싶었습니다. 면밀히 기억해야 하는 순간이 있지요. 누구든 이 시를 불편하게 받아들였으면 좋겠어요. 그게 '우리'의 목표이기도 하니까. 듣기 싫어도 들어야 하는 이야기가 있습니다. N번 방에, 수없이 증식하는 N번 방에 여전히 있지요.

그 애들은 아직도 파란 불꽃처럼 곤두서있어요. 어둠 속에서 종종 나타납니다. 여기 연루되어있는 남자애들은 끝까지 이 파란 불꽃에서 벗어나지 못할 겁니다. 그게 이 시에 걸어놓은, 우리의 주문呪文이니까요.

그리움의 무게

그리움의 무게에 대해 생각하는 밤입니다.

그리움이란 그와 나 사이의 '거리'에서 비롯되는 감정입니다. 여기 없는 사람, 당장은 볼 수 없는 사람, 그와 나 사이에 자리한 좁힐 수 없는 거리에서 발현되는 감정이지요. 그리움은 형체가 없습니다. 잡을 수도 사라지게 할 수도 없지요. 그리움이 우리를 둘러싸고 있다면 그저 견딜 수밖에, 방법이 없습니다.

대만 작가 우밍이의 소설 『햇빛 어른거리는 길 위의 코끼리』에는 이런 문장이 나옵니다.

예전에는 편지의 무게와 장 수, 거리에 따라
편지 발송 요금을 계산했는데 우편 요금이
너무 비싸서 부자들만 멀리 있는 사람에게
편지를 보낼 수 있었어. 가난한 이들은 편지를
보내지 못하고 그저 그리워할 수밖에 없었지.*

편지의 무게와 장 수, 거리에 따라 요금이 달랐던 시대. 그런 시절이 있었나 봐요. 그리움은 가득한데, 지독하게 가난한 사람이 있다면 뒤척였겠네요. 말을 고르고 표현을 아껴 최대한 압축한 내용을 종이에 적어 보내야 했을 테니까요. 오늘 바람이 소슬해 좋았다거나 산책을 하다 모란을 보았다는 말은 전하지 못했을지 모릅니다. 집개가 새끼를 낳았다거나 옆집에 새 이웃이 이사 왔다는 소식은 적지 못했을 거예요.

그보다 마음의 정수가 담긴, 알맹이가 튼실한 편지를 써보려고 노력했을 겁니다. 침묵과 그림자가 더 큰 편지는 어쩌면 시에 가까운 글이었을지 모르겠다는 생각이 듭니다.

가령 이런 편지는 어떨까요? 존 버거의 『A가 X에게』라는 소설 속, 주인공이 연인에게 쓴 편지의 한 대목을 볼까요.

내가 보낸 손 그림들을 창문 바로 아래 붙여
놓았다고 했죠. 그렇게 하면 바람이 불 때마다
그림들이 제멋대로 흔들린다고요. 그 손들은
당신을 만지고 싶은 거예요, 당신이 먼 곳을
보고 싶을 때 당신의 고개를 돌려주고, 당신을

---

* 우밍이, 『햇빛 어른거리는 길 위의 코끼리』, 알마

웃게 해주고 싶은 거라고요.

　갓 태어난 아기들이 울음 대신 웃음을
터뜨린다면 어떻게 될까요. 이상한 질문이죠.
우린 삶이 그런 게 아니라는 걸 알고 있으니까.
하지만 내 인생에서 나의 손은 당신을 웃게
해주고 싶었어요. *

　연인은 정치범으로 갇혀있습니다. 무기수라서 밖으로
나올 수 있다는 기약도 없지요. 면회도 허락되지 않습니다.
다만 그들은 사랑으로 애절할 뿐이지요. 젊은 여인이 늙은
여인이 될 때까지, 그녀는 편지를 씁니다. 사랑하는 사람에
게. 만질 수도 볼 수도 가질 수도 없는 이를 향해 편지를 씁
니다. 그녀는 손을 그려 보내고, 갇혀있는 연인은 창문 아
래 그림을 붙여두었다지요. 바람이 불면 손이 흔들리는 것
처럼 보이겠지요. 그리움이 얼마나 무거워야 "그 손들은 당
신을 만지고 싶은 거예요"라고 적어 보낼까요?

　이런 그리움 앞에선 쉽게 눈물도 흘리지 못하겠습니다.
가만히 생각해보지요. 그녀가 보낼 수 없는 편지가 있었을
지 모른다고. 미래가 지독히 가난해서 보내지 않은 편지가

있었을 거라 생각해보지요. 전하지 못할 편지를 쓰고 울다 잠들면, 홀로 깨어나 앉은 텅 빈 새벽이 있었을 거라 상상합니다.

쓸 수는 있지만 보낼 수는 없는 편지가, 세상엔 있는가 봐요.

시를 가르칠 수 있을까?

지금 당신은 '선생님'이라 부르는 사람을 곁에 두고 있나요? 의례적인 호칭이 아니라, 정말 무언가를 가르쳐주는 사람으로서 선생님을요. 어떤 일을 오래, 전문적으로 해온 사람을 선생님으로 두고 무언가 새로운 것을 배우는 일. 운동이나 요리, 꽃꽂이가 될 수도 있겠지요. 배우는 자와 가르치는 자 사이엔 생산적인 열기, 약간의 긴장, 새로운 생각으로 활기가 흐르겠지요.

예술 분야는 어떨까요? 저는 기본적으로 예술은 가르칠 수 없는 분야라고 생각합니다. 예술에 필요한 느낌, 생각, 상상까지 가르치기 어렵기 때문이지요. 그럼에도 불구하고 다양한 예술 분야에는 가르치는 사람과 배우는 사람이 존재합니다. 예술가를 양성하는 전문학교나 학원, 소규모 단체도 이미 많지요. 이런 시도가 무모하다 말할 거냐고요? 물론 아닙니다. 저 역시 글쓰기와 문학을 전문으로 가르치는 '문예창작학과'를 나왔는걸요. 대학을 다니는 4년 동안 많은 것을 배웠습니다. 앞에서 예술은 '가르칠 수 없는 영역'이라 해놓고, 왜 자꾸 이율배반적인 이야기를 하느냐고 당신이 나무라는 소리가 들리는 것 같네요.

시의 경우는 어떨까요? 제 스승은 김사인 시인입니다. 제가 시를 습작하는 동안, 그리고 지금까지도 제게 많은 가르침을 주시지요. 그런데 선생님이 학생들을 향해 시를 쓰는 '방법'을 가르친 적은 단 한 번도 없습니다. 그보다 시를 쓰는 자의 태도, 시인으로 살아가는 법을 가르치셨지요. 한번은 전공 수업 때 선생님이 이런 말씀을 한 적이 있어요.

"나는 사람한테만 시인이고 싶지 않아. 나무나 풀, 바위, 먼지 앞에서도 시인이고 싶어."

이런 말은 아득한 곳에서 들려오는 종소리 같아서 잠을 수 없는 사람은 영영 잡을 수 없고, 빠질 수밖에 없는 사람은 세례처럼 흠뻑, 시적 기운을 받게 되지요. 저는 후자였어요. 그 말이 제 몸을 정면으로 통과해 저는 점점 더 좋은 시를 쓰는 사람이 되어가고 있다고 믿었지요. 제 생각에 예술 분야의 선생님이 할 수 있는 최대치의 가르침은 이런 일 같아요. 배우는 자의 의식을 고양시키는 일, 에너지를 점점 더 채울 수 있게 몰고 가는 일, 창작할 때 자유롭고 힘이 세지도록 돕는 일이요.

시를 가르치는 사람은 습작생에게 '방법론'을 가르치기 어렵습니다. 예술에는 절대 방법이란 게 존재하지 않기 때문이지요. 다만 가르치는 자의 입장과 기준에서 시가 얼마나 살아있는 에너지를 품고 있는지, 읽는 사람을 압도하는지, '참말'을 품고 있는지(이건 제 스승이 시에서 강조하는 가치이기도 합니다) 살펴보고 고견을 말해줄 수 있을 뿐이지요. 다시 말해 학생이 쓴 시가 좋은 시인지 나쁜 시인지 말해주는 거예요. '평가'라는 말은 어울리지 않아요. 오히려 체온계로 잰다고 생각하는 게 맞을 것 같네요. 시의 온도에 대해 말해주는 거죠. 너무 낮아, 너무 높아, 뜨거운데 아름답다, 차가운데 강렬해, 너무 기운이 없구나, 좀 더 특별한 것을 발견할 수 없을까, 하나마나 한 이야기는 하지 않는 게 좋아, 언어를 좀 더 풀어줘, 시 안에서 더 자유로워져봐, 위악이나 제스처를 버려, 음악을 사용해……. 시를 가르치는 선생님은 이렇게 뜬구름 잡는 얘기를 할 수밖에 없습니다.

좋은 사제 관계에선 서로를 믿는 일이 전부입니다. 괜찮은 제자라면 스승의 얘기를 알아듣고 '방법을 스스로 찾아서' 실행할 수 있을 거예요. 저 역시 그랬거든요. 저는 스승 김사인 시인과 전혀 다른 결의 시를 쓰는 학생이었는데요, 운이 좋게도 선생님은 제 시를 자기식으로 끌고 오려 하지 않고 모습 그대로를 좋아해주었지요. 저 또한 선생님의 생각과 시선을 믿고 영향을 받았고요. 믿음이 가는 스승의 말은 금과옥조로 삼을 만합니다. 멀리 날고 싶은 자에겐 날개가, 춤추고 싶은 사람에겐 무대가 되어주는 말이 될 수 있습니다.

결국 예술에서 스승은 자신이 하는 예술을 보여주거나, '말하는 존재'입니다. 창작자가 스승을 따라 계속하도록, 독려하는 사람이지요.

나쁜 스승은 비난만을 퍼붓는 사람입니다. 무엇이 잘못되었는지, 얼마나 형편없는지, 문제가 많은지, 가망이 없는지, 잔소리를 퍼붓는 사람이지요. 대책도 없이, 거드름만 피우며! 물론 학생이 다른 길을 선택하는 게 옳다 싶을 땐 냉정한 충고를 할 필요도 있겠지요. 그러나 그 충고는 조심스러워야 합니다. 습작하는 자가 어떤 보석을 품고 있을지, 언제 어떤 모습으로 태어날지 누구도 모르니까요. 나쁜 선생은 창작자를 주눅 들게 하고 열등감을 갖게 합니다. 급기야 그 일이 싫어지게 만들지요. 누군가를 가르치게 될 때 저 또한 노력합니다. 나쁜 선생이 되지 않기 위해서요. 결국 쓰고 싶게 만드는 선생이 되자고 다짐하지요. 어려운 일이지만요.

제가 지면에 발표하는 글들을 보고 제 스승은 지금도 간간이 메시지를 보내옵니다. 잘 읽었다고, 계속 해보라고요.

그럼 저는 잠시 반짝여요. 힘이 나죠. 십여 년 전 시를 쓰는 일에 지쳐있을 때, 그가 제게 전화를 해서 이런 말씀을 했던 게 기억납니다.

"시를 빤스처럼 항상 입고 있어야 돼."

그 말을 듣고 웃었지만, 사실 지금까지 서늘해요. 그 말을 지팡이 삼아 저는 다시 시를 열심히 썼던 것 같네요.

예술은 가르칠 수 없어요. 그러나 누군가는 예술가를 기를 수 있지요. 한 명의 예술가가 탄생하기 위해선 생각보다 많은 손길이 필요하거든요. 그가 예술을 펼칠 수 있도록 사랑을 보이고 지지하는 일, 잘못된 길을 가는 것 같으면 진지하게 붙들고 이야기하는 일. 그게 예술가를 기르는 선생의 일일 거예요.

당신, 지금까지 시를 써본 적 없다면, 배워보는 건 어떨까요? 배울 수 없지만, 배울 수 있어요. 혹시 좋은 선생님을 만난다면 당신 안에서 새로운 당신을 꺼내줄지 모르죠.

무언가를 좋아한다고 할 때 그 속에 있는 것

온라인 마켓에 접속해 물건들을 고릅니다. 멜론, 호박, 두부, 우유, 시금치, 뮤즐리를 장바구니에 담아놓고 봅니다. 무언가를 샀지만 눈앞엔 없는, 이미지로만 존재하는 이것들은 내일 아침 '밤을 건너 도착했다는 듯' 찬 기운을 품고 문 앞에 실물로 놓여있겠지요. 21세기를 사는 방식은 이런 걸까요. 이미지로 대체된 실물을 선택하고 상상하는 일, 있지만 없고 없지만 있는 상태에 둘러싸여 지내는 일, 보이지 않는 것을 믿는 일인지도 모르겠습니다.

시를 읽거나 쓸 때도 같은 일이 벌어집니다. 있지만 없는 것. 태어나면서 휘발되는 것. 발음하면 잠시 허공에 퍼지지만 몇 초 후 흔적도 없이 사라지는 소리, 낱말, 문장들. 이것들은 언제 실물로 도착할 수 있을까요?

어젯밤엔 이런 문장을 썼습니다.
"작게 말하면 작은 인간이 된다."
써놓은 문장을 들여다보았습니다. 저와 이 문장은 서로

를 견디어야 했지요. 견디는 일은 시를 쓸 때 필요한 과정입니다. 다음, 다음, 그리고 다음 문장이 차곡차곡 쌓이는 식이라면 좋겠지만 늘 그렇게 되진 않으니까요. 문장들은 자기 앞뒤로 배치되는 문장들을 의심할 때가 많습니다. 그들의 의심은 제게도 금세 전염되어, 모든 문장을 지워버리고 싶어지기도 하지요. 두려움을 견디고 이런 문장을 이어서 써보았습니다.

"작은 인간은 사라진다. 사적인 영역, 이를테면 항아리, 요강, 무릎 담요 속으로."

그러고는 재빨리 공책을 덮었습니다. 마치 그것들이 펼친 공책 너머로 날아가버리기라도 할 것처럼요.

오래전 제가 시를 쓴다고 하면 이렇게 말하는 사람이 있었습니다. 그거 뜬구름 잡는 소리를 지껄이는 일 아냐? 이야, 좋겠다. 나도 시 좋아해. 예쁘게 문자를 늘어놓는 거.

그들은 시집을 제대로 읽어본 일도 없으면서 '시'에 대해 편견으로 가득 찬 판단을 내놓습니다. 미소에 조소가 섞여있다는 걸 알아요. 어떤 물질로도 교환되지 않는 이 허망한 행위에 한사코 매달려있는 젊은 사람을 볼 때, 사람들이 짓는 한심하고 가엾다는 표정. 왜 모르겠어요?

제가 막 등단했을 때, 이젠 다른 일을 하느라 시는 쓰지 않는다는 선배가 이런 질문을 했어요. 우습지도 않은데 낄

낄대며, 다리를 떨면서 하는 질문.

"어때? 매일 밤 시가 한 편씩, 막 써지고 그래? 그런가?"

"하루 한 편일 때도 있고, 이틀에 한 편일 때도 있지만 매일 시를 써요. '막' 써지진 않지만."

제가 진지한 목소리로 대답했더니, 선배는 얼굴에서 웃음기를 거두더군요. 어쩐지 제 곁에서 좀 떨어져 앉으려는 것 같기도 했어요. 이렇게 무식하고 힘만 센 애송이를 상대해봤자 골치 아프겠다고 생각했을까요? 선배 역시 예전엔 시를 기꺼운 마음으로 썼을 겁니다. 그랬으니 공모전에 당선해 등단도 하고, 몇 권의 시집도 냈겠지요. 먹고사는 게 팍팍하게 느껴지는 날엔 회의감도 들었겠지요. 내 시를 누가 읽는다고, 시집이 몇 권이나 팔린다고……. 이런저런 복잡한 생각으로 뒤척이다 시가 지겨워지는 날도 있었겠지요. 그렇게 숱한 날을 보내고, 시 같은 건 이제 안 쓴다 호기롭게 말하게 되고, 갓 등단한 후배를 붙잡고 어젯밤 시가 막 써지더냐고 놀리듯이 묻게도 되었겠지요.

그런데 그 물음엔 감정의 삿된 찌꺼기가 지저분하게 들러붙어있어 불편했습니다. 유머로 가장했지만 조소와 냉소가 대부분인 감정의 뾰족함이 느껴져 정색했던 거지요. 시가 가장 소중했던 날에서 소중했던 것을 조롱하는 날까지, 그 사이 지난했을 삶의 무게를 가볍게 보는 건 아닙니다. 다만 누군가 무언가를 좋아한다고 할 때, '초심'이라 부르는 그 마음에 담겨있는 게 무엇인지 아는 사람이라면 진지하게 생각해보길 권하고 싶네요. 처음 무언가를 좋아하는 마음에 대해서. 생각하다 작은 깨달음이 하나 왔습니다.

내가 좋아하는 것 속엔 시가 들어있다.

좋아하는 사람의 눈동자엔 시가 있다. 좋아하는 멜론, 호박, 두부, 우유, 시금치, 뮤즐리엔 시가 있다. 좋아하는 책엔 시가 있다. 좋아하는 바람엔 시가 있다. 좋아하는 나무엔 시가 있다. 어젯밤 전화해서 울던, 좋아하는 친구의 눈물엔 시가 있다. 책상 위 좋아하는 모래시계엔 시가 있다. 좋아하는 커피엔 시가 있다. 좋아하는 음악엔 시가 있다. 좋아하는 무용수의 몸짓엔 시가 있다. 좋아하는 도서관 창문엔 시가 있다. 좋아하는 가을밤엔 시가 있다. 좋아하는 (죽은) 아버지의 굽은 등엔 시가 있다. 좋아하는, 좋아하는, 좋아하는 모든 것들. 그 속엔 하나도 빠짐없이 시가 들어있다.

그러니 시가 무엇인지, 어디에 있는지 헤맬 필요가 없을지도 모릅니다. 좋아하는 걸 떠올리면, 그 속엔 시가 있으니까요. 공책을 열면 어젯밤 덮어두었던 문장들이 깨어날 겁니다. 오늘의 문장을 기다리는 얼굴로 이쪽을 바라보고 있을 겁니다. 보이지 않는 것을 믿는 사람은 더듬더듬 다음 문장을 써나가겠지요. 문장과 문장 사이를 견디며, 언어가 이미지를 실재하게 할 수 있다는 걸 믿으며, 나아갈 겁니다. 무언가를 좋아하면 자꾸 하게 되고, 하다 보면 그 속엔 시가 그득해서, 당신은 시를 안 써도 시에 둘러싸이게 될 겁니다.

목록이라는 길목

배낭에는 이런 것들이 들어있다. 약간 더러운
갖가지 옷들, 깨끗한 흰 티셔츠 한 장, 물을 담을
빈 플라스틱 병, 깨끗한 속옷, 선을 돌돌 감아놓은
휴대전화 충전기, 여권, 통칭 파라세타몰이라고
불리는 해열진통제 두 갑, 너덜너덜해진 제임스
설터의 소설 한 권, 그리고 베를린의 한 영어
서점에서 발견하고는 메리앤에게 주려고 산
프랭크 오하라 시선집 한 권, 부드러운 종이
표지의 회색 공책 한 권.*

지금 읽고 있는 소설 『노멀 피플』에서, 여행 중인 주인
공의 배낭에 들어있는 것들입니다. 저는 이런 목록을 좋아
해요. 정말 좋아하지요. 이게 삶이니까요. 다른 수식도, 묘
사도 필요 없어요. 그렇지 않나요?

---

* 샐리 루니, 『노멀 피플』, 아르테

지금 제 책상 위엔 이런 게 있습니다. 이북리더기(『노멀 피플』을 읽고 있습니다), 1센티미터쯤 커피가 남아있는 흰 머그컵, 몇 년 전 시드니에서 공예 작가가 선물해준 도자기 컵(펜 몇 개가 꽂혀있어요), 스톱워치, 『샐린저 평전』, 연재하고 있는 장편소설 스크랩북 파일, 노란 색연필, 2B 연필, 코푼 휴지, 겹겹 쌓여있는 책들(각각 『스토너』, 『은유로서의 질병』, 『짐을 끄는 짐승들』, 『퀼트, 그리고 퀼트』), 배호 노래가 흘러나오고 있는 아이폰, 그리고 한가운데 놓인 맥북과 기계식 타자기.

2016년 8월 20일 일기에는 헬싱키에서 '쇼핑한 것들 목록'을 적어놓았습니다. 저는 여행을 떠나고 싶은데 사정이 여의치 않을 때마다 이 목록을 찾아 읽습니다. 대부분이 '히에타라하티' 벼룩시장에서 싸게 구입한 것들입니다. 헬싱키에 여드레 머무는 동안, 저는 한 시간을 걸어 히에타라하티 벼룩시장이 열리는 광장에 찾아갔습니다. 산책 삼아서요. 매일 무언가를 사 들고 왔습니다. 도토리를 모으는 다람쥐처럼 재미있었어요. 스톡만 백화점이나 고급 디자인 상점에서도 무언가를 샀지만, 벼룩시장만큼 흥분되는 곳은 없었지요.

"몰스킨 노트(분홍, 검정), 가죽 자켓(검정, 흰색), 버버리 겨울코트, 마리메코 셔츠, 목걸이, 귀걸이, 립스틱 두 개, 아기 신발, 카키색 앵클 부츠, 아라비아핀란드 찻잔 세트, 빨

간 가죽 가방, 주황 니트, 레자 레깅스, 무지개 목도리, 아
텍 노트 두 개, 와인색 필통, 하늘색 필통, 페이퍼 나이프 두
개, 스위스 만능 칼, 손가방, 파란 티셔츠, 불상의 손, 손바
닥만 한 냄비, 체스판."

당신의 책상엔 무엇이 놓여있나요? 매일 들고 다니는
가방엔 무엇이 들어있나요? 여행에서 산 것은 무엇인가요?
당신이 지닌 목록은 무엇인가요? 무엇이든 좋으니 작성해
보세요. 목록을 들여다보세요. 계속, 들여다보세요. 뭐가
보이나요? 그 길목에 머무르세요. 한사코.

두 달 전엔 수첩에 이런 문장을 적어놓았네요.

"삶에 들어있는 것? 잼, 블루베리, 눈물, 똥, 먼지, 비겁,
구름, 절벽, 상처, 질병, 환희, 사랑, 책, 오답, 귀뚜라미, 피,
오줌, 새벽 2시, 목발, 절규, 욕망, 합치, 실패, 칼, 죽음, 깃
털, 강아지, 지네, 책상, 무릎……. 나는 삼일 밤을 샐 수도
있을 것이다."

그 길목에 머무르세요. 한사코.

생각하면 좋은 것

좋아하는 이의 옷을 입고 외출하는 일은 좋다. 그의 체취가 깃든 스웨터나 품이 넉넉한 셔츠를 입고 거리를 활보하는 일은 좋다. 멀리 있어도 가까이 있는 것처럼 느껴지는 일은 좋다. 볕이 따뜻한 겨울 날씨는 좋다. 파주에 눈이 내릴 때, 발이 푹푹 빠져 기우뚱대는 사람들을 구경하는 일은 좋다. 향이 진한 드립 커피를 마실 수 있다면 더 좋다.

밤에 혼자 깨어있는 일은 좋다. 물구나무를 서거나 오래된 책을 뒤적이는 일, 그러다 반짝이는 문장을 발견하는 일은 좋다. 모르는 고양이가 느리게 눈을 깜빡이며, '눈키스'를 해주는 일은 좋다. 선잠에 들었는데 누가 이마를 쓸어주고 가는 일은 좋다. 그 상태로 모른 채 조금 더 자는 일은 좋다. 까닭 없이 당신에게 쓰다듬을 받는 일은 좋다.

처음 본 사람과 비밀을 나누는 일은 좋다. 의무감 없이 하는 모든 일은 좋다. 순전히 '재미로 쓰는' 글은 좋다. 시 쓰고 싶은 마음 상태는 좋다. 쓴 시가 스스로의 마음에 꼭

들 때는 더없이 좋다. 당신의 글을 읽고 생각이, 마음이, 생활이, 어쨌거나 무언가가 변했습니다, 말해주는 독자는 좋다. 그가 건넨 손 편지는 더 좋다. 사건이 일어나지 않는데 지루하지 않은 소설을 읽는 일은 좋다. 존 버거, 아모스 오즈, 마르그리트 뒤라스, 파스칼 키냐르, 언어로 춤추는 작가들의 책을 읽는 일은 언제나 좋다.

봄날, 강릉 바다에 가는 일은 좋다. 허난설헌 생가에 가 대청마루에 앉아있는 일은 좋다. 일주일에 한 번 베란다 화분에 물을 주는 일은 좋다. 한곳에서 오래, 식물을 바라보는 일은 가장 좋다. 여름에 버드나무 아래를 걸어가는 것, 그해 첫 팥빙수를 먹는 순간, 호텔 조식에 멜론이 나오는 것은 좋다. 몸에 맞는 청바지를 발견하고 사는 순간은 좋다. 당신이 먼 곳에 갔다 선물을 들고 돌아오는 일은 좋다. 고전적인, 옛 말투로 쓴 메일을 읽는 일은 좋다.

봄날 새순처럼 기지개를 펴는 일은 좋다. 치마를 입고 외출하는 일은 좋다. 재미로 타로 점을 보는 일, 여행할 때 아이들이 노는 모습을 바라보는 일은 좋다. 책을 읽다 놀라운 생각을 만나는 순간은 좋다. 드디어, 책의 초고를 끝내는 순간은 좋다. 여러 번 교정을 보고, 최종 교정지를 넘기며 손 터는 순간은 좋다.

섬세하고 자상한 남자를 만나는 일은 좋다. 옆모습이 아름다운 여자를 보는 일은 좋다. 튼튼하고 견고한 물건을 만지작거리는 일은 좋다. 흰 옷이 잘 어울리는 사람이 멀리서 걸어올 때 좋다. 질이 좋은 스웨터를 입고, 비 오는 카페에 앉아있는 일은 좋다.

몽우리 진 목련을 처음 발견하고 감탄하는 일은 좋다. 사월의 은행잎이 바람에 나부끼는 풍경, 모퉁이를 돌 때 훅 끼치는 라일락 냄새는 좋다. 동물을 사랑하는 노인을 보는 일은 좋다. 당신을 막 생각하는데, 당신에게서 걸려오는 전화는 좋다. "사랑을 나누다"라는 말은 좋다. 어젯밤에 시를 썼어요, 하고 말하는 누군가의 목소리, 거기에 묻은 '물기'는 좋다.

시를 쓰는 방법 중 한 가지

1. 생각하면 좋은 것의 목록을 작성해보세요.

2. 생각하면 좋은 것의 목록 중, 나를 슬프게 하는 것 세 가지를 고르세요.

3. '좋음과 슬픔'이 같이 머무는 방을 상상하여, 글을 한 편 써보세요.

4. 글에서 '미치게 좋은 문장' 세 줄을 뽑아 밑줄 치세요.

5. 그 세 줄이 들어가는 시를 써보세요.

6. 쓴 시를 '미치게 좋을 때까지' 계속 고치세요.

눈이 하는 일

아침에 일어나니 온 세상이 눈으로 덮여있습니다. 제 처지에서 '온 세상'이래야 창문으로 보이는 파주의 마을 풍경이지만요. 코로나 바이러스가 잡히지 않아 내내 집에만 있었더니 눈 오는 풍경이 소화제 같습니다. 나다닐 수 없으니 눈이라도 훨훨 곳곳으로 퍼져나가길 바라는 마음이지요.

문득 생각이 납니다. 십여 년 전. 좋아하는 이를 보고 돌아오던 저녁, 함박눈을 맞았습니다. 마음은 아무렇게 나부끼고 평지를 걷는데도 호흡이 가빴습니다. '눈과 사랑'이 저를 숨 가쁘게 했겠지요. 눈은 어찌나 거세게 내리는지, 옛날 백석이 노래하던 구절도 생각났습니다. "눈은 푹푹 나리고 / 아름다운 나타샤는 나를 사랑하고 / 어데서 흰 당나귀도 오늘밤이 좋아서 / 응앙응앙 울 것이다" 그날 밤 일기장에 이런 문장을 썼어요.

"세상이 흰죽처럼 펄펄 끓고 있다."

시로 만들어보고 싶었지만 수첩 귀퉁이에 한 문장으로 남았을 뿐이지요. 그날, 눈 내리는 밤은 제게 흰죽처럼 펄펄 끓는 세상을 보여줬습니다. 차갑게 끓는 세상을요. 본다는 건 생각하는 일이고, 생각하는 건 사랑하는 일일지도 모르겠군요.

점심을 먹고 문학 잡지를 읽었습니다. 안미옥 시인이 쓴 재미있는 글을 발견했지요.

예전에 자주 하던 훈련이 있었는데 시 쓰기
전에 하나의 대상을 정해서 오래 바라보는
것이다. 그냥 무턱대고 오래 바라보는
것만으로도 그 대상을 열고 들어가는 경험을
하게 된다. 잠깐 보는 것이 아니라 5분이면 5분,
10분이면 10분, 혹은 30분, 한 시간을 정해놓고
견디며 하나의 대상/풍경을 본다. 그러면
지금까지 보이지 않았던 것을 보게 된다.
그것을 문장으로 적는 훈련. 그때 발견하고
새롭게 알게 된 것은 잘 잊히지 않는다. 물이
담긴 500밀리리터짜리 플라스틱 물통을
오래 바라보다가 이런 문장을 시로 쓴 적도
있다. '절반쯤 남은 물통엔 새의 날개가 녹아
있었다.'*

* 안미옥,《악스트》no. 33

이 글을 읽자마자 뒤라스가 쓴 산문의 한 대목이 떠올랐습니다. 뒤라스는 파리 한 마리가 지하실 벽에 붙어 죽어가는 장면을 보고 있었지요. 이유는 없어요. 그냥 본 거죠. 파리 한 마리가 완전히 다 죽기까지 시간을 재며, 분과 초를 넘어가는 죽음의 현장을 직시합니다. 뒤라스는 목격자로서 그 일을 자세히 썼습니다.

> 지켜보는 나로 인해 파리의 죽음은 더욱
> 잔혹해졌다. 다 알면서도 나는 꼼짝하지
> 않았다. 보고 싶었다. 죽음이 서서히 덮치는
> 과정을 지켜보고 싶었다. 그리고 그 죽음이
> 어디에서 오는지 보고 싶었다. 밖에서 오는지,
> 두꺼운 벽에서 오는지, 바닥에서 오는지.
> 어떤 밤으로부터 오는지. 땅에서 오는지 혹은
> 하늘에서 오는지, 혹은 여전히 이름 붙일 수
> 없는, 아마도 아주 가까이 있는 무無로부터
> 오는지, 혹은 영원으로 향해 가는 파리의
> 여정을 확인하려고 애쓰는 나로부터 오는지.*

이 일은 제게도 중요하게 느껴졌습니다. 너무 중요한 일

---

* 마르그리트 뒤라스, 『마르그리트 뒤라스의 글』, 민음사

이라 글을 읽는 동안 진땀이 날 지경이었지요. 누군가 죽는 중이고, 설령 그게 파리 한 마리일 뿐이라 해도, 그 파리가 하필 내 앞에서 죽어가고 있다면, 그 장소에 있는 이가 나와 파리 둘뿐이라면! 이 상황을 제대로 보지(겪지) 않을 도리가 있겠습니까? 그날 뒤라스 역시 그랬을 테고, 그랬기에 문장으로 기록했을 테고, 그걸 또 제가 다른 종이에 옮겨 쓰고 있는 것일 테지요.

쓰는 자들은 도대체 왜 이럴까요? 생명을 지닌 존재들이 태어나고 죽는 일이 뭐 대수라고 이 야단인가 생각하는 분도 계실 테지요. 맞습니다. 그렇지만 쓰는 자는 보는 자입니다. 당연한 일을 '당연하지 않은 시선'으로 보는 일이지요.

누군가 시인이 되기 위해 가장 필요한 게 뭐냐고 물으면, 저는 이렇게 대답합니다. 좋은 눈. 그게 시의 시작이자 전부일 수 있다고요. 좋은 눈이란 무얼 알아보는 눈, 그 이상이어야 합니다. 그냥 알아보는 눈 말고, 다르게 보는 눈이 필요합니다. 존 버거식으로 말하자면 '다른 방식으로 보기'를 실천하는 눈이지요. 파리의 죽음은 언제나 파리의 죽음 이상이어야 합니다. 안미옥 시인의 눈을 생각해보세요. 물이 절반쯤 담긴 플라스틱 물통에서 그는 "새의 날개"가 녹아있는 걸 봅니다. 그의 눈은 어떻게 된 걸까요? 그는 평범한 물통에서 누구도 본 적 없는 걸 보았습니다. 그가 물에 녹아있는 천사의 날개를 보았으므로, 우리는 그를 통해 겨우 물에 녹아있는 천사의 날개를 (상상으로) 받아들일 수 있습니다.

관찰과 상상. 이 두 가지는 좋은 눈이 필요로 하는 필수 조건입니다. 안미옥 시인이 한 대상을 오래 바라보는 훈련을 하는 이유도 기다림과 상상이 무언가를 발견하게 해준다는 걸 알아서겠지요. 기억하세요. 좋은 눈은 어디에서도 팔지 않아요. 관찰과 상상. 이 두 가지가 힌트입니다.

저녁엔 새로운 걸 보았습니다. 책상 위에 놓아둔 모래시계가 중간에서 멈춰있더군요. 저대로 얼마나 있었던 걸까요? 저는 바라보았습니다. 기다렸지요. 수첩을 펼쳐 오늘 본 것을 메모했습니다.

"멈춰있는 모래시계! 모래 알갱이들이 가루로서의 본분을 잃고, 뭉친 채로 굳어있다. 아래로 떨어지지 않은 모래 알갱이들, 깔때기 모양으로 뭉쳐진 시간을 붙잡고 있다. 거대한 시간을 붙드느라 손발이 오그라든 모래들. 책상의 시간을 가둬둔 채, 얼마나 멈춰있던 걸까? 모래시계를 손에 쥐고 세차게 흔들자, 멈춰있던 시간이 부스러져 내린다. 움직인다, 기어이. 시간은 멈추는 법이 없다고? 아니. 시 속에선 불가능한 일이 없다. 시 속에선 누구나 월경越境이 가능하다."

이 메모가 시가 될 수 있을지 없을지 모르겠습니다. 생각에 음악을 입힐 수 있다면 가능하겠지만, 모르지요. 기분 좋습니다. 누군가 보지 못한 걸 본 날은 속이 그득해지거든요. 다르게 보고 정확히 쓰는 일, 그것은 삶을 제대로 사랑하는 일과 연루되어 있습니다.

당신은 오늘 무엇을 어디까지 보셨나요? 당신이 본 걸 말해주세요.

무엇을 써야 하지?

— 소재에 관하여

어윈 에드만은 『예술과 인간』이란 책에서 예술가의 주요 역할 중 하나는 "경험에 생기를 주어 사람들이 흥미를 느끼도록 하는 일"이라 했습니다. 이 문장을 읽으며 제 눈은 반짝였습니다. 작가는 무엇에 복무할지 스스로 결정해야 하는데, 그 일이 어려울 때 이런 생각을 하게 되거든요. 큰일이다. 무엇에 대해 쓰지? 뭘 쓰면 좋을지 모르겠어.

이건 작가나 시인뿐 아니라 여러 분야의 아티스트가 한 번쯤은 고민해보게 되는 '문제'이기도 하지요. 당신도 그렇지 않나요? 무언가를 쓰고 싶은데, 무엇을 써야 할지 갈피를 못 잡고 방황하다 펜을 놓는 경우가 있지 않은가요? 어윈 에드만의 이 문장을 읽어봅시다.

개에게 고기는 먹는 것이며, 고양이에게는
무언가 단순히 쫓기 위한 것이고, 똑같이
피로에 지친 사람이나 회사의 중역들에게
의자는 단순히 앉기 위한 것이다. 그리고

> 물의 흐름이나 번득임이 아무리 아름답다고
> 하더라도 목이 마른 사람에게 물은 단순히
> 마시기 위한 것이다.*

어떻습니까? 너무 당연한 말을 늘어놓으니 하품이 나오려 하나요? 고기나 의자나 물은 보편적인 대상에게 보편적인 경험을 보편적으로 선사합니다. 예술의 영역을 궁금해하지 않는 사람에게 고기, 의자, 물은 고기, 의자, 물의 역할을 할 뿐인 거죠. 그렇다면 "경험에 생기를 주어 사람들이 흥미를 느끼도록" 해야 할 의무가 있는 예술가의 경우라면 어떨까요? 당신이 이미 좋은 예술가라면 고기나 의자나 물은 당신에게 어떤 경험을 선사할까요? 당신이라면 그 경험에 어떤 생기를 부여하겠습니까?

제 경우를 예로 들어보겠습니다. 어느 날 저는 전염병 때문에 살처분 당한 가축들에 관한 뉴스를 보았습니다. 누군가에게 돼지는 고기의 생전 이름일 수도 있고(끔찍하네요), 말 못 하는 가축에 지나지 않을 수 있습니다. 누군가에겐 동화책에 나오는 귀여운 동물이거나 비만인 사람과 짝을 이뤄 놀림거리가 되는 둔한 존재로 여겨지기도 하겠지

---

* 어원 에드만, 『예술과 인간』, 문예출판사

요. 그날 뉴스를 본 제 눈에 돼지는 인간의 필요에 의해 이용당하고 살해당하는, 부당한 처우를 받는 생명체로 보였습니다. 이유도 모른 채 학살을 당하는 種, 속눈썹 끝까지 공포로 떠는, 살고 싶어 하는 생명이었습니다. 저는 이런 시를 썼습니다.

하늘에서 돼지들이 떨어지는 저녁 *

1.
어두워지자 눈이 내렸다
나무들이 구덩이를 내려다보았다
대량 학살도 유행인가 봐
비슷한 것들이 비슷한 것들을
무더기로 지게 하는 것도 유행인가 봐

서두르자, 누군가 외치자

---

* 이 시는 유리 작가의 그림책 『돼지 이야기』를 읽고 썼다. 2010년 겨울 구제역 사태 때, 영문도 모르고 구덩이에서 발버둥 치다 죽어간 수백만 마리 가축들에게 바친다. 박연준, 「하늘에서 돼지들이 떨어지는 저녁」, 『베누스 푸디카』, 창비

큰 눈송이들이
작은 눈송이들을 데리고 달아났다

2.
돼지 331만 8000마리
소 15만 마리
그밖에 발굽이 있는 가축 일부는
잡아먹을 수 없을 정도로 위험해졌다
안전을 위해 순차적으로 살처분되었다
인간들은 손해와 배상, 울분에 대해
회의했고
어떤 인간은 구덩이에 매달려 울었다
흙바람을 불게 하는 거대한 기계가
소리를 내며 돌아갔다

3.
속눈썹이 있네 네게도
뻣뻣이 선 속눈썹, 깜빡이지도 않네
커다래진 동공 아득한 구덩이를 들여다보네

구덩이는 무엇을 재는 깊이인가요

메우고 나면 있던 것은 없어지나요
사라지나요 위험은
안전해지나요 우리는
새끼인간이 동화책을 펼치고
질문하는 동안

왜 하필 지금,
죽어야 하나요
엄마

떨어지다 말고 새끼돼지가
순한 눈빛으로 물어보는 동안

답하라 분홍색 돼지색 우리들의 색깔에 대해
하늘에서 펄펄 돼지들이 흩날리는데
상한 구름 떼가 몰려와 일제히 비틀거리고
금방이라도 오물이 흘러내릴 듯
지구의 방광이 거대해지고

4.
늙어버렸다
죄조차 이미, 늙어버렸다

덜덜 떠는 버드나무들
두 손을 마주잡고 부비여도 될까
속눈썹이 있네 네게도

무릎을 꿇고 고꾸라져볼까
이마를 뒤통수에 붙여볼까

만약 당신이 시를 쓰고 싶다면, 고기는 고기가 아니고 의자는 의자가 아니며 물은 물이 아니어야 합니다. 대단한 능력이 필요한 일은 아닙니다. 대상을 보이는 대로 보지 말고, 그 너머에 닿으려 해보시기 바랍니다.

경험에 이스트를 넣고 기다린 뒤, 약간의 상상력을 가미합니다. 상상력 덕에 부풀어 오른 형상을 당신만의 언어로 다시 태어나게 해보세요. 이 놀이가 흥미롭고 짜릿한 건 누구도 결과를 알 수 없기 때문입니다. 시가 끝날 때까지는 시인도 모릅니다. 이 시가 어떤 형태로 끝날지. 어디로 갈지. 어떤 힘을 담을지. 그러니 마술이지요. 마술사도 답을 모르는 마술.

무엇이든 다 쓸 수 있어요. 당신 앞에 놓인 걸 쓰세요. 연필, 스마트폰, 구름, 커피, 어머니, 아이의 머리카락, 반려동물의 등, 스탠드, 엎지른 물. 상관없습니다. 중요한 건 소재가 아니라, 당신이 고른 소재에서 자기만의 경험을 꺼내는 일입니다. 상상력이 풍부한 당신이라면 시 속에서 전사가 될 수 있습니다. 자신을 믿는 사람은 어떤 일이든 할 수 있지요.

아주 쉬워요. 시작은 아주 쉽게, 스웨터에서 올이 풀려 나가듯 술술. 퇴고는 원하는 만큼 천천히 여러 번, 오랫동안 하면 됩니다. (아주 쉬워요, 라고 말했다고 째려보는 분이 계시군요! 흠흠.)

연필

연필은 내 여섯 번째 손가락이다. 쥐고 있으면 손에 착 감기고, 내려놓을 땐 무리 없이 톡 떨어진다. 토끼의 간처럼 떼었다 붙였다 할 수 있는 '편리한 손가락' 같다.

전업 작가로 사는 내게 원고 마감은 일상이다. 마감이 코앞인데 랩톱 앞에 앉아도 아무 생각이 나지 않을 때가 있다. 키보드를 두드리는 손가락과 생각이 서로를 믿지 않을 때가 있다. 그럴 때 나는 연필을 든다. 글이 술술 써지도록 연필이 요술을 부리는 건 아니다. 다만 연필은 1루 출루에 성공하는 타자처럼, 글의 문을 열어준다. '득점은 모르겠는데, 일단 출루(시작)는 하게 해주지' 하고 말하는 것 같다.

좋은 글은 니트 소매에서 올이 한 가닥 풀리듯 '무리 없이 자연스럽게' 시작해, 라면 가닥 같은 이야기가 술술 풀어져 나오듯 써 내려가는 글이다. 연필로 끼적인 글에는 억지가 없다. 산문이 안 풀릴 때는 물론, 시를 쓸 때는 '언제나' 연필로 쓴다. 책상에 비스듬히 앉아 연필을 쥐고 무언가를 써 내려갈 때 그 편안한 '풀림'이 좋다. 내 몸과 방망이(연필)와 그라운드(공책)가 각자의 위치에서 편안한 리듬을 탈 때 연필이 내는 사각사각 소리와 손의 부드러운 악력, 편편한 공책의 찬 감촉까지! 이 모든 것이 합작해 내게서 빼앗아 가는 것이 있으니, 바로 '긴장'이다. 시의 초고를 구태여 연필로 쓰는 건 쓸데없는 긴장이 사라지기 때문이다.

시는 긴장하는 자에게 좀처럼 마음을 열지 않는다. 모니터는 환하고 번듯한 광장 같아서 '이제 막 소리를 내려는' 시적 자아를 주눅 들게 한다. 마이크를 쥐고 광장에 선 사람처럼 막막하게 한다. 반면 공책은 잡초와 그늘이 어우러져 노는 뒷마당 같다. 엄마에게 꾸중을 들은 아이가 터벅터벅 걸어와 숨는 곳, 몰래 울거나 웃는 곳, 작은 보물들을 숨겨두기에 좋은 곳. 발끝으로 떠오르는 단어를 써보며 사색에 잠기기 좋은 곳이 뒷마당이다. 연필은 무얼 쏠어 담기보단 그냥 마당을 만져보려고 움직이는 느린 빗자루처럼 써 내려간다. 무엇이고 아무렇게나 쓱쓱. 열쇠는 여기에 있다. 무엇이고 아무렇게나! '대단한 것, 훌륭한 것을 써보자'고 마음먹으면 늘 실패한다. 대단하고 훌륭한 것은 작정을 하고 다가가는 자로부터 도망치기 때문일까? 동기나 목적 없이 자유롭게 끼적일 때 쓸 만한 게 나온다.

시는 뒤뜰이나 구석에서 나오는 목소리여야 하고, 자연

스레 빛나야 한다. 연필은 태어나는 시에게 쓸데없는 화장을 시키려 하지 않는다. 연필은 태어나는 시가 지닌 열기, 핏기, 비린내, 약간의 뭉그러짐, 취약함, 그리고 이 모든 불완전성에 둘러싸인 '숨은 비범함'까지 온전히 받아준다. 그래서 나는 시의 초고를 쓸 때 많은 양의 못생긴 시를, 연필을 떼지 않고 쓰려고 노력한다. 연필을 떼지 않으려는 이유는 잠시라도 '또렷한 생각'이 침입해 연필과 나와 종이, 우리 셋을 갈라놓지 않도록 하기 위해서다. 시작한 연필은 종이에서 떼어내지만 않는다면, 내 능력보다 훨씬 더 좋은 것을 가져다준다. 언제나.

시의 초고는 쓰레기에 둘러싸인 보석이다. 덕지덕지 달라붙은 쓰레기들을 보석에서 떼어내는 일을 우리는 '퇴고'라 부른다. 초반에 힘을 많이 쓴 연필은 '자와 저울' 역할까지는 버거워한다. 연필에겐 엄격함이 부족하다. 시의 마무리를 위해선 모니터와 키보드를 사용한다. 자기 빛깔을 지닌 초고는 광장에 서도 두려워하지 않는다. 모니터의 조명을 견디고, 광장의 개방성을 받아들인다. 어떤 시선에도 주눅 들지 않을 만큼 단단한 내면을 가진 시로 자란다. 몇 번의 퇴고(몇 달, 몇 년이 걸릴 수 있다)를 거쳐 한 편의 시가 될 때까지 연필은 곁에서 지켜보고 있다. 자기로부터 태어난 시가 성장하는 모습을, 자기만의 음악과 힘을 가지는 모습을, 시를 품고 기르던 나와 함께 바라보고 있다. 완성되면?

나와 연필은 동시에 손 턴다. 공식적인 지면에 발표한 시는 내 것도, 연필의 것도 아니다. 홀가분한 마음으로 시를 배웅하고, 출가한 시의 생은 (애써) 모르는 체한다. 시의 출처가 우리임은 자명하지만, 시의 생은 시 한 편 한 편의 독자적인 몫이다.

연필은 자기 생애를 갖는다. 키가 점점 줄어든다. 부러지고 늙는다. 잘 산 연필은 '몽당연필'이란 최후를 맞지만 이는 귀하고도 드물다. 연필들은 중간에 자주 사라지고(도대체 어디로?) 다른 이의 손으로 넘어가기도 한다. 나는 '몽당연필'을 두고 이렇게 쓴 적이 있다.

"새끼손가락만큼 작아지기까지, 이 연필은 얼마나 많은 시간을 종이 위에서 걷고 달렸을까. 누군가의 손아귀에서 스케이트를 타듯 종이 위를 긁적이던 숱한 밤, 그리고 낮이 필요했으리라. 그 시간을 충분히 보낸 연필들만 '몽당'이라는 작위를 받을 수 있다. '몽당'이란 누군가의 품이 들고, 시간이 깃든 후에 붙여지는 말이다."

지금 내 곁에 있는 연필은 에메랄드색에 꽁무니에는 분홍 지우개를 단, 한 뼘 길이의 연필이다. 어느 시인이 아끼는 연필이라며 가방에서 꺼내 준 것이다. 연필은 랩톱으로 작업하는 내 옆에서 잠자코 있다. '내가 할 일은 없나?' 생각하는 것 같다. 나는 마음속으로 말한다. '시를 쓸 때, 일기를 쓸 때, 시작이 어려울 때는 네가 필요해, 그러니 기다리렴.' 연필은 의젓하게 책상에 엎드려있다. 푸른 개 같다.

이따금 내 연필은 자기가 시인인 줄 안다. 하긴, "연필은 시인의 목발 / 부러져도 살아나는"*이라고 쓴 것도, 분명 저 녀석이었지. 그는 내 푸른 시인이다.

---

* 박연준, 「예술은 낳자마자 걸을 수 있는 망아지처럼 태어나는 것 같다」, 『밤, 비, 뱀』, 현대문학

쓸 때 생각하는 것

*

내가 상정하는 독자는 언제나 '잘 보이고 싶은, 모르는 사람'이다. 독자를 아는 사람으로 상정하지 않는 건 아는 사람에겐 해야 할 말을 생략하거나 필요 없는 말을 하게 될 위험이 있기 때문이다. 글에서 해야 할 말을 하지 않고 대충 분위기만 피우다 끝내면 속 빈 강정이 되기 쉽다. 필요 없는 말을 하게 되면 사변적이고 꾀죄죄한 글이 된다. 둘 다 위험하지만 후자가 더 위험하다. 일기와 에세이는 여기에서 가름 난다. 일기를 잘 쓰면 수기가 되지만, 이 또한 에세이는 아니다. 에세이는 생각을 확장시키는 데 도움을 주지만 수기는 읽고 나면 딱히 할 일이 없다. 수기는 '나'가 주인인 글이고, 에세이는 '독자'가 주인인 글이다. 일기는? 진짜 일기는 독자가 없다.

＊

　글을 쓸 때, 쓴다고 생각하는 것과 말을 건넨다고 생
각하는 것은 다르다. 말은 글의 알맹이다. 알맹이가 실하
면, 글은 (저절로) 피부가 되어준다. 존 버거식으로 말하자
면 작가와 이야기꾼의 차이다. 이야기꾼은 상대와 소통하
려 하고, 젠체하지 않으며, 정보가 아닌 '이야기'를 전달하
려 한다. 자연스러운 태도를 지닌다. 에세이를 쓸 땐 언제
나 나보다, 내 이야기보다, 듣는 당신을 중요히 생각한다.
내 이야기지만 당신, 그리고 우리의 이야기를 하고 있다고
생각하는 것! '나'를 내세우고 끝나는 글은 읽고 나면 순식
간에 사라진다. 케이크 같다.

＊

　시의 경우는 다르다. 시는 '반드시'라고 할 만한 규칙이
없다. 시는 모든 것 너머에 서고 싶어 하기에 쓰는 사람도,
독자도, 규칙도 상관하지 않는다. 시는 자기가 원하는 방식
으로 태어난다. 시 쓰기엔 방법이랄 게 없다. 방법이 있는
거라면 기술이지, 예술이 아니니까. 이따금 에세이를 시처

럼 쓰는 작가들도 있다. 그때 에세이는 기술을 벗어난다.

*

1. 몽테뉴의 경우: "나는 사람의 비위를 맞출 줄도, 즐겁게 해줄 줄도, 아첨할 줄도 모른다. (중략) 내게는 진심으로 말하는 재간밖에 없다."(『수상록』)

2. 발터 벤야민의 경우: "좋은 산문을 쓰는 작업에는 세 단계가 있다. 구성을 생각하는 음악적 단계, 조립하는 건축적 단계, 그리고 마지막으로 짜맞추는 직물적 단계."(『일방통행로』)

3. 존 버거의 경우: "우리 같은 드로잉을 하는 사람들은, 무언가를 다른 이에게 보여주기 위해서가 아니라, 보이지 않는 무언가가 계산할 수 없는 목적지에 이를 때까지 그것과 동행하기 위해 그림을 그린다." (『벤투의 스케치북』)

*

한 평론가가 내게 산문을 쓸 때 숨겨둔 공식(기술)이 있는 게 분명하다며, 비법을 공개하라고 졸랐다. 나는 할 수 없이 비법(?)을 말해주었다. 글을 쓰기 전에 위의 3번, 존 버거의 문장을 여러 번 읽고 시작한다고. 그를 위해 메모지에 문장을 적어주기까지 했다. 책상에 붙여놓으라고! (붙여놓았을까?) 이 문장을 처음 접했을 때, 얼마나 놀랐는지! 그가 무엇을 말하는지 정확히 알 수 있었다. 직관으로 나는 그 행동을 하고 있었다. 무언가를 다른 이에게 보여주기 위해서 작업을 하는 것이 아니라, '보이지 않는 무언가'가 계산할 수 없는 목적지에 이를 때까지 동행해야 한다는 것. 시를 쓸 땐 특히 그래야 한다. 보이지 않는 것은 보이는 것보다 훨씬 중요하다. 보이지 않는 것은 보이는 것의 '그림자'로서, 높은 비중으로 글에 참여한다. 고급 독자일수록 '보이지 않는 무언가'를 보려고 책을 읽는다. 보이지 않는 것, 그것은 오직 고급 독자를 위한 것이다.

*

에세이를 쓸 때 '어떻게 보일까'를 지나치게 염두에 두면 망한다. 수영 선수가 자신의 영법이 어떻게 보일까 신경 쓰며 대회에 참가하는 것과 같다. 그렇게 하면? 대회에서 탈락하겠지! 물에 들어갔다면 생각을 버린 채 앞으로 나아가야 한다. 물과 속도를 느끼면서. 물 밖의 일은 알 바 아니란 듯이. 페소아의 문장으로 말하자면 "그걸 사랑해서, 그래서 사랑하는 것"*, 그게 글쓰기의 유일한 방법이어야 한다. "사랑한다는 것은 순진함이요, / 모든 순진함은 생각하지 않는 것……"** 너무 많이 생각하면 망한다. 그냥 해야 한다. 축구 선수가 공을 몰고 가 슛을 하듯이. 단순하게. 밖을 생각하면 솔직해질 수 없다.

---

* 페르난두 페소아, 『시는 내가 홀로 있는 방식』, 민음사
** 위의 책

*

솔직함은 재능의 일부다.

*

시작할 땐 먼 곳에서부터 시작하는 것이 좋다. 화자와 독자 사이의 거리, 이야기가 중심부로 다가오는 속도를 조절해야 한다. 이야기에서 화자의 말투는 문체가 된다. 문체에서 매력이 발생한다. 사실 모든 예술에서 가장 중요한 게 '매력'이다. 작품에서 눈을 떼지 못하게 하는 것. '이것을 읽는 동안 당신이 내게서 눈을 떼지 않았으면 좋겠어요.' 주문을 거는 것. 자연스러움을 유지한 채 긴장하는 것. 이게 어렵다. 온몸으로 인지하면서, 동시에 본능적으로 행동하는 것. 당신을 이쪽으로 유혹해 붙잡아두려는 것.

*

시를 쓸 땐 언제나 무대 위에서 말한다고 생각한다. 어느 날은 비밀을 발설하는 사람처럼, 어느 날은 귀신처럼, 어느 날은 사물 귀퉁이에서 나오는 소리처럼. 무대 위! 다 말하기 전엔 여기에서 내려오지 않겠다는 태도. 무대란 관객을 '두고' 말하는 장소다. 올라서서 무언가를 보여주는 사람, 주목을 시키고 주목을 받는 사람, 무언가에 씌어 나 아닌 것을 연기하거나 있는 그대로의 나를 연기하는 사람, 관객의 반응에 책임을 지는 사람, 매력을 보여주어야 하는 사람이 올라서는 곳이 무대다. 시를 쓸 때는 관객이 지켜보는 가운데(관객을 귀를 지닌 병풍이라고 생각한다) 독백하는 자가 되고, 산문을 쓸 때는 관객과 '거리'를 두면서(관객을 언제나 염두에 둔다) 대화하는 자가 되려고 한다. 부끄럽게도 나는 에세이를 쓸 때도 '무대 위'에서 내려오고 싶어 하지 않는다. 다만 이때의 무대는 침대 위가 되기도, 볏짚 위나 이불 속이 되기도, 관객 옆자리가 되기도 한다. 잘했을 경우, 독자는 나와 대화한다는 느낌을 가질 것이다.

*

필요한 것은 '말하고 싶은 욕구'다. 쓴다는 것은 말하고 싶은 욕구의 대체 행동, 능동적인 말하기다. 쓰기 싫을 때는 아무 말도 하고 싶지 않을 때다. 마감이 코앞에 있는데 말하고 싶은 욕구가 생기지 않으면 괴롭다. 그땐 특단의 조치를 내린다. 누가(대체로 편집자가) 내 방문 앞에서 문을 두드리며 기다리고 있다고 상상한다. 이야기를 해달라고 조르고, 조르고, 조른다고 상상한다. 그가 문 밖에서 꼼짝도 하지 않고 눈을 맞으며, 비를 맞으며 앉아있다고 상상한다. '좋아, 정 그렇다면……' 나는 할 수 없이 시작한다. 상상! 이것은 내가 어릴 때부터 줄기차게 해온 운동이다. 영혼의 줄넘기랄까. 믿어야 한다. 당신이 내 이야기를 몹시 듣고 싶어 한다고, 내겐 중요하고 재미있는 이야기가 있다고 믿어야 한다.

*

　많은 사람들이 '자기 언어'를 가지고 표현하고 싶어 한다. 가수가 아니어도 노래를 (가수보다) 잘 부르고, 작가가 아니어도 글을 (작가보다) 잘 쓴다. 어느 위치에 있든, 자신의 진솔한 이야기를 꺼내 보여주고 싶어 한다. 스스로가 채널이자 매체가 되어 사람들을 만나고 있다. 좋은 현상이다. 다양해지는 것, 다양성을 품은 채 많은 양을 확보하는 것. 쓰는 일은 '말하고 듣고(독서) 생각하기'를 동시에 하는 일이다. 세상의 모든 사람이 무언가를 쓴다면, 쓰면서 꾸준히 성장한다면! 그야말로 유토피아다. 계속 쓸 수 있다면, 누구나 작가가 될 수 있으니까.

시적 몽상

*

시를 쓸 땐 세상에 전언을 하러 온 사자使者인 듯 말해야한다. 전사가 된 듯이. 혼자라서 아름다운 전사. 등 뒤로 펄럭이는 망토를 느끼기. 우아하고 묵직하게 등을 쓸어주는 바람과 망토의 합작을 느끼기. 느끼면서 다만 앞으로 나아가기. 전사. 그는 고독이라는 무대 위에 서야 한다. 홀로.

무대에서 무대로
무대에서 무대로
움직이는 언어들.

그건 시가 되기 위해 끓어오른, 준비된 말들이다. 스스로를 압도하는 것. 압도해 자신을 쪼그라들게 하는 것.

시를 뱉어내고 난 뒤, 그는 껍데기가 된다. 전언도 망토

도 바람도 그의 곁을 떠난다. 그는 세상에서 가장 가벼운
사람이 되어 돌아간다. 밖으로. 무대에서 무대 아닌 곳으
로. 홀로.

이제 당신과는 별 상관이 없다는 듯, 시들이 그를 배웅
한다.
가. 그냥 가.

*

이제 정말 가난해져볼까? 생각하는 순간 슬픔이 발끝
에서부터 입술 부근. 길을 따라 달려온다. 입술에서 발까지
길이 난다. 슬픔은 왜 늘 급성일까, 생각하며. 침대 위와 침
대 아래. 가난한 영혼을 세워둔다.

네가 가난해지니, 내가 좀 살겠잖니.
'이제야'라는 이름의 시가 부풀어 오른다.
바이러스처럼, 열을 만들며, 방 안을 온통 급성으로 전
염시키며, 이제야.
시는 '비로소'라는 왕관을 쓰고 걷는다. 할 만하네, 이
짓도. 이제야. 비로소.

가난해진 건 나뿐이고, 그건 이 세계를 위해 충분히 좋은 일.

타자기는 타자의 일로 바쁜 밤이다.
타닥타닥 타다다닥.
종이 위의 빗소리.
글자는 종이에 내리는 비.

*

갈 곳이 하나여야 해. 종이 위. 종이 위.
다른 데가 있으면 다른 곳으로 갈지도 모르니까.
종이 위, 혹은 종이 둘레를 걸으며 두려움을 두려움으로 삼키며
걱정을 걱정으로 삼키며
갈 곳이 하나여야 한다. '결국'이라는 내 나라, 종이 위에 세워진 시의 나라.
다 망해도 결국, 돌아갈 곳.

*

멈춰있는 시간을 두려워하는 건 시의 얼굴.

모든 시는 얼굴이 끊긴 채로 존재한다.

끊긴 채로 오래 살아와 피해 의식을 갖고 있다.

지속되지 않는 시간, 열의, 사랑을 믿지 않는다는 투로 서성인다.

곧 날아가버리겠다, 투명한 날개를 퍼덕인다.

시의 협박, 그건 일상이지.

저 날개로 날 수 있을까? 내가 묻자, 대답하는 시.

내 몸통은 날개보다 더 희박한 색이야. 투명. 그게 내 이름이야. 잘 들어. 내게 무게의 차이는 시간의 차이야.

시차, 그건 극복할 수 없어. 결코.

*

나는 읽을 때 묶여있다가 쓸 때 해방된다.

진정한 자유는 '창작 행위'에 있다.

＊

언젠가 나는 이렇게 쓴 적이 있다.

"귀가 부스러질 때까지, 변명을 듣고 싶다."

그건 끔찍할 정도로 간절한 마음이라서 두 번 생각하기

싫은 마음.

시는 귀가 부스러질 때까지 변명을 듣고 싶은 자가

홀로

기다리며,

"가위 같은 주둥아리"＊로 지껄이는 노래다.

＊

나는 시 쓸 때 독해진다.

내 안에 '얄짤없음'이 진동한다.

내 안에 슬픔이 피처럼 고인다.

슬픔으로 살인이 가능해,

＊ 김혜순, 「새의 반복」, 『날개 환상통』, 문학과지성사

핏물 홍건한 고깃덩이처럼 내가 상한다.
미안하게도.

＊

쓰는 자의 얼굴에 날카로움이 묻어난다면
시가 얼굴을 깔고 앉은 것.
구겨놓은 것.
완전히 몰입해 연주하는 음악가가 찡그리는 것?
시가 얼굴을 깔고 앉은 것.
시는 온전히 어여쁜 걸 허락하지 않지.
(물론 이건 오버다. 플러스, 그리고 끝. It's over.)

＊

하루 종일 스마트폰을 들여다보거나 텔레비전을 몇 시
간 동안 내리 보고, 자극적인 음식을 배달시켜 먹고, 누가
보여주는(저절로 상영되는) 남의 삶을 들여다보고, 짜고 현
란하고 시끄러운 감각을 몸속에 내리 넣은 날에는 영혼의

결이 달라져있다. 두껍고 탁하고 냄새나고 건조하다. 반짝이는 아이디어나 순한 마음, 먼 곳을 생각하는 느린 마음 같은 건 가지기 어렵다.

이런 상태의 몸에는 시(물리적인 '시'뿐 아니라 우리가 '시'라고 믿는 일 일체)가 오지 않는다. 시가 고결하고 깨끗한 거라서가 아니라 시는 '경화硬化'를 싫어하기 때문이다. 굳어 있는 것. 변할 수 없는 것. 기성既成과 비슷해진 영혼을 시는 견딜 수 없어 한다.

바꿔야 한다. 완전히 탁해지기 전에. 종이의 색을 파랑에서 초록으로 바꿔야 하는 사람처럼 마법을 부려야 한다. 오래 걸릴 수도 있다. 움직이는 장면의 합으로 이루어진 영상을 오래 보면 책을 읽기 어렵다. 책은 움직이지 않는 장면(무대)에서 느리게 걸어다니는 언어를 좇아, 독자가 움직여야만 작동하기 때문이다. 내가 움직이느냐, 네가 움직이느냐. 이 차이가 크다. 시는 스스로 움직이는 자에게 호기심을 갖는다.

몸처럼 영혼도 자주 씻어야 한다. 스트레칭과 다이어트가 필요하다. 자존감이란 자기 영혼의 형태에 스스로 만족할 때 생기는 걸지도 모른다.

*

퇴고의 법칙;

혼자 앞머리를 자를 때 오른쪽 조금, 왼쪽 조금, 다시 오
른쪽, 다시 왼쪽……. 이러다 이마 위 솟은 산처럼 짧아진
다. 앞머리를 자를 땐 길이를 보지 말고 얼굴을 봐야 한다.
머리카락의 높이가 아니라 얼굴에서 그가 차지해야 할 영
토, 앞머리의 소유권, 앞머리의 목소리를 들어야 한다. 앞
머리는 혼자 살 수 없고 혼자 죽을 수도 없다.

*

죽은 나무를 봐야 해.
죽은 나무 속 아직 죽지 않은 숨을 봐야 해.
뿌리부터 꼭대기의 잎새 하나까지 꼼꼼히 죽기까지,
그 속에 '미처' 살아있는, 작은 삶을 찾아야 해.

*

　천 명의 사람이 빵을 만든다고 상상해보자. 천 명의 사람들은 어떤 식으로 빵을 만들까? 그들에게 동일한 재료를 제공하고 동일한 조건에서 빵을 만들게 한다고 해도 천 개의 빵은 천 개의 맛이 날 거야. 맛은 비슷하지만 촉감이 다를 수도 있고, 촉감이나 생김은 비슷해도 향이나 굽기의 정도가 다를 수도 있지. 처음엔 비슷해 보이지만 시간이 흐른 뒤 맛이 얼마나 잘 유지되는지, 다시 데웠을 때 처음의 맛처럼 신선해지는지 살펴볼 수도 있겠지.

　이제 빵을 '시'로 바꿔 생각해보자.
　애정이 곧 노력이다.

*

　나는 옷 만드는 일을 하는 채빈에게 말한다.

　네가 옷을 만들듯이.
　살기 위해 무얼 하듯이.

그렇게 시를 써.

*

권고 사항:
진부한 말을 늘어놓지 말 것.
특이하게 쓰려 하지 말 것.
언어의 서커스가 되지 않도록 주의할 것.
소리가 지나는 복도마다 '정확한 눈'이라는 보초를 세울 것.
문장이 음악을 '타고' 흐르게 할 것.
쓴 시가 자기 맘에 드는지 체크할 것.

*

정회원: 과학, 상상, 논리, 비약, 음악, 굴절, 흐름, 침묵,
어린이.
　비회원: 바나나, 기차, 의자, 비, 하늘, 강, 종아리, 시인,
슬픔, 절망, 허무.
　탈퇴 회원: 예쁘게 보이려는 입술, 적당함, 치장, 무기

력, 중부지방.

*

　시가 누릴 수 있는 최대 지복은 밖에 나가 사랑받는 일
이다. 시집 밖으로 나가 사람들 속으로 들어가 사랑받는 일.
이건 내 시야, 내가 사랑하는 시. 이런 말을 듣는 일.

*

　일본 드라마 〈나기의 휴식〉 6화에 이런 내용이 나온다.
　나쁜 남자로 살다 처음으로 사랑에 빠지게 된 남자에게
이런 말을 하는 할머니.

　"가슴이 왜 이렇게 아픈지 모르겠어? 그렇다면 첫사랑
이네. 축하해! 그리고 조의를 표할게."

　축하와 조의를 동시에 표하는 마음이란.
　"뜻대로 되지 않는 사랑과 욕망의 세계로 온 것을 환영"

한다고 말하는 할머니 최고.

잊을 수 없는 일이 일어날 땐, 누구든 축하와 조의를 같이 표해야 해.
누군가 시인이 된다면?
그때도 축하와 조의를 같이.

*

시를 읽는 일은 언어로 이루어진 음악을 듣는 일과
시집을 읽는 일은 여러 곡이 묶인 앨범을 듣는 일과 비슷하다.

문자로 가득한 숲에서 음악을 들을 수 있다면
그때부턴 할 일이 없다고 볼 수 있다.

듣기. 그게 우리가 할 일의 전부다.
용감하게 음악을 만들고 그걸 듣기.

몸의 공식

창작을 하다 보면 알게 된다. 연습 없이 이루어진 근사한 작품? 그런 건 없다. 일필휘지 속에도 수만 번의 붓질, 몸이 기억하는 무수한 반복 작업이 녹아있다.

나는 운동선수나 무용수가 연습하는 영상을 찾아보는 걸 좋아한다. 노력과 성과. 그 아름다운 인과가 불러오는 황홀한 법칙이 맘에 든다. 김연아 선수가 2010년 벤쿠버 동계올림픽에서 금메달을 땄을 때를 떠올려보자. 담대한 태도로 경기에 임하던 모습이 얼마나 인상적이었던가. 어떻게 한 번도 틀리지 않고 차분히 경기를 마칠 수 있었냐는 질문에 김연아 선수는 연습을 충분히 했기 때문이라고 답했다. 한 번의 실수로 몇 년간 쌓아온 공이 무너질 수 있는 경연장에서 무엇이 그를 담대하게 만들고 스스로를 믿게 했을까, 궁금했다. 그의 말 속에 답이 있었는데도 나는 그 말을 믿지 못했다. 연습! 연습을 많이 한 몸은 실전에 강한 몸이 된다는 사실을 이제는 알지만, 그땐 몰랐다. 무언가를 반복해서 하다 보면 자다가도 일어나서 바로 그 '하던 행동'이 나온다는 사실을 알아도, 믿기는 어려웠던 거다.

글쓰기에 몰입해있을 때는 꿈에서도 글을 쓴다. 글을 쓰다 잠들었는데 꿈에서도 글을 쓰다니! 깨어나면 무얼 하겠는가? 맞다. 책상에 앉아서 (꿈에서) 쓰던 걸 이어 쓴다. 이런 황홀한 순간이 자주 오면 좋겠지만 드물게 온다. 물론 과잉 노동으로 볼 수 있다. 무의식 상태에서도 일하던 걸 놓지 못하고, 수면 중에도 뇌가 긴장을 풀지 못했을 게 분명하다.

중요한 건 '몸은 하던 짓을 하려고 한다'는 점이다! 몸의 공식이다. 오죽하면 말 목 자른 김유신의 일화가 있겠는가 (과장된 이야기일지도 모르고, 잘한 일은 더욱 아니지만). 마감이 한창일 때의 몸은 기상하자마자 책상에 가 앉으려고 한다. 글쓰기가 좋아서? 아니다. 몸이 하던 일이기에 '또' 하려는 거다. 마감을 넘기고 좀 쉴 수 있는 때가 와도 몸은 한동안 책상 근처를 서성인다. 이상하다, 왜 자꾸 무언가를 써야 할 것 같지? 쉬는 중에도 몸은 불안해한다. '그냥 계속 하던 걸 하지?' 몸이 머리에게 항의하는 것 같다. 하지만 노는 일은 얼마나 달콤하며 쉽게 적응이 되는지. 며칠을 쉬다 보면 몸은 다음, 그다음 날에도 계속 놀려고 한다. 이제 정말 일해야 한다고 머리가 화를 내봐도 몸은 소파 위에 늘어져 스마트폰을 만지작거린다. 다시 쓰는 몸을 만들기 위해선 얼마간의 시간과 노력이 필요하다. 무서운 몸의 관성이여.

　나는 실전보다 연습 때 '진짜'가 나온다고 생각한다. 모든 연습, 모든 습작이 지금의 나와 앞으로의 나를 만든다. 만약 어느 작가의 글이 독자에게 흡족함을 주었다면, 그건 그가 글쓰기를 연습한 시간 덕이다. 더 나은 글을 만들기 위해 쓰고 수정하던 인고의 시간 덕이다.

　연습하는 몸은 실전도 연습처럼 하게 된다. 연습이 훌륭하다면, 연습 같은 실전이야 얼마나 더 훌륭하겠는가. 연습량이 충분했던 운동선수나 무용수에겐 경연장이나 무대가 특별히 두려운 장소가 아닌 것이다. 노력하지 않는 천재는 없다. 계속하는 것, 그게 노력이고 재능이다.

　대학 시절 나는 글쓰기에 빠져, 경험하는 모든 걸 글로 묘사하려 했다. 내겐 규칙이 있었다. 문장으로 생각하기! 나는 모든 생각을 문장으로 해야 한다고 생각했다. 누가 병원에 누워있는 걸 볼 때도, 연애를 할 때도, 친구와 싸울 때에도 머릿속에 떠오르는 생각을 문장으로 바꿔 기록했다. 얼마나 비장했는지 지금 생각하면 우스울 정도다. 생각은 공책 속에 문장으로 쌓였다. 스케이트 연습처럼 지난했던 시간들은 나를 단단하게 만들었다.

　믿어야 할 건 오직 몸이다. 마음도 인생도 오늘이나 내

일도, 몸이 가지고 있다. 부디 날마다 책상에서 몸으로 연습하는 사람이 되면 좋겠다. 몇 권의 책을 내든, 종이 위에서 뛰고 종이 위에서 넘어지고 종이 위에서 자라는 사람이면 좋겠다.

인생 '갑'으로 사는 기분

— 창작의 기쁨

내 친구 K는 이야기꾼이다. 그는 언제나 이야기를 내 쪽으로 '보내'온다. 무언가를 건네주는 사람처럼. 이야기할 때 K의 눈은 내용에 따라 커졌다 작아지며 목소리와 뉘앙스, 표정이 자유자재로 변한다. 내가 특히 좋아하는 건 K의 어린 시절 이야기다. 자기주장이 강하고 명랑하지만, 죽음에 대해 생각하길 좋아하던 어린 K. 나는 K가 혼자 그네를 타며 하늘 끝까지 날아오르길 바랐다는 대목을 상상하길 좋아한다. 공중에 포물선을 반복해 그렸을 여자아이. 이마 근처의 머리카락, 다문 입술, 작은 무릎, 꽉 쥔 주먹, 앞을 바라보는 눈동자, 흥분과 열기, 한숨과 권태가 고루 담긴 아이의 기분마저 느껴지는 듯하다. 눈치챘어야 한다. K는 그네를 타고 어딘가로 날아가고 싶어 하는, 잠자는 폭죽이었던 걸.

K는 대학에서 미술과 역사를 공부하고, 십여 년 동안 미술 큐레이터로 일했다. 여러 나라를 오가며 전시를 기획하

고, 전시관과 작가 사이에서 다양한 문제를 조율했다(K는 "그게 다 남들 뒤치다꺼리하는 일이지"라고 말했다). K는 자기 일에 최선을 다했다. 유능하고 중요한 인재였지만 단체에서 일하다 보면 종종 그렇게 되듯이 빠르게 소진되었다. 일을 좋아한 만큼 피로와 환멸을 느꼈다. K는 큐레이터 일을 접고 '회화전문영어학원'을 차렸다. 미국에서 자란 K는 영어를 잘했고 의욕은 충만했다. 혼자서 시작한 학원은 여러 명의 선생님을 거느린 탄탄한 곳으로 성장했다. 학원 구석구석 K의 손길이 안 가는 곳이 없었고 K는 어느 때보다 바쁘게 지냈다. 우리는 이 학원에서 학생과 선생으로 만났다. 처음엔 K와 더듬더듬 영어로 이야기하다(1:1 회화 수업이었으므로), 점차 언어의 질감을 잊은 채 이야기에 빠졌고(짧은 영어 실력으로도 이게 가능하다니!) 나중엔 진짜 친구가 되었다. 내가 학원을 그만둔 뒤에도 우리는 따로 만났다.

K의 학원은 지난해 코로나 19로 큰 타격을 입었다. 선생님과 학생들이 한꺼번에 떠나고 경영은 어려워졌다. 쉬는 날도 없이 혼자 일하며 학원은 문을 닫지 않을 수 있었지만, K는 번아웃에 빠졌다. 결국 그는 경영을 맡아줄 사람을 구해 "다 내려놓을 생각을 하고" 일선에서 물러났다. 요새는 한 달에 한 번, 학원에 나가 보고를 받는 일 외엔 집 밖으로 나가지 않는다고 했다.

"사람이 너무 싫은 거예요. 쇼핑몰에서 마주치는 사람

들도 싫을 정도였어요. 종일 쉬고 또 쉬어도 피곤했어요. 아무리 쉬어도 피로가 풀리지 않았죠. 몸에 문제가 생긴 것 같아 검사도 받아봤는데 큰 이상은 없다고 하더라고요."

때로 몸은 파업을 선언한다. 큰 병이 생겨서가 아니라 큰 병이 생길까 봐 그러는 거다. K는 쉬지 못하는 마음에 맞춰 몸을 혹사시킨 게 분명하다. 도시에 사는 사람들 대부분이 그렇듯이. 누워서도 긴장을 풀지 못하는 우리, 자면서도 일 속에 잠겨있는 우리, 공중에서 허우적거리는 우리의 모습처럼 말이다.

며칠 전 K가 집으로 와달라고 청했다. 오랜만에 본 그는 생기를 되찾은 모습이었다. 표정은 밝고 피로도 가신 듯했다. K는 이렇게 몇 달 동안 쉬어본 게 처음이라며, 쉬는 일의 즐거움에 대해 이야기했다. 그다음, 쑥스러운 듯 미소를 지으며 이렇게 덧붙였다.

"준, 전부터 내가 말했죠? 언젠가 책을 한 권 써보고 싶다고요. 만약 내가 책을 쓴다면 그건 당연히 미술사에 관한 책일 거라고 생각했어요. 논문 형식은 아니고, 대중에게 너무 어렵지 않게 다가갈 수 있는 책으로요. 그런데 준, 놀라지 말아요. 저 요새 소설을 쓰고 있어요."

K의 눈이 다람쥐처럼 반짝였다. 그가 문학에 관심이 있는 줄은 알았지만 작품을 써보고 싶어 하는 기색을 보인 적은 없어 놀랐다. 소설이라니! K는 미술사에 대해 쓰려고

앉으면 어깨에 힘부터 들어가고 잘 안되더라고 했다. 안목과 학식은 높고, 잘 써야 한다는 부담감은 큰 탓에 시작하기 어려웠던 거다. 그런데 소설을 생각하면 이야기가 끊임없이 떠오르고 즐거워, 한번 시작하면 시간 가는 줄 모르고 쓰게 된다고 했다.

"K, 지금 당신이 하는 일은 정말 멋진 일이에요! 무언가에 겁 없이 달려들어 그것을 흠뻑 좋아하는 일! 좋아 죽겠는 일이요. 그저 쓰고, 쓰고, 또 쓰다 하루가 가버리는 시간. 이런 시간은 결코 자주 오지 않아요. 정말 멋져요!"

"부끄러움도 모르고 겁 없이 달려든 거예요. 우선 재밌어요. 하고 싶은 이야기가 많아요. 얼마 전 A4 50매 정도의 소설을 한 편 완성했는데, 그 정도 분량은 단편으로 봐야 하나요?"

나는 그 정도 분량이면 중편소설이 될 거라고 말해준 뒤 거듭 감탄했다. 내가 감탄한 이유는 이렇다. 첫째, 그가 한 편의 소설을 시작해 완결했다는 점. 둘째, 소설이라는 장르에 대한 의구심이 들 사이도 없이, 즉 그 장르에 대한 자세한 정보도 없이 일단 뛰어들었다는 점. (알아만 본 뒤 겁을 먹고 도망가는 자, 얼마나 많은가!) 셋째, 그 작업을 오롯이 즐기고 있다는 점. 넷째, 이야기 완결 후 또 다른 소설을 계속 쓰고 있다는 점. 다섯째, 남편에게 이런 말을 들었다는 점.

"아무래도 취미 생활에 제한 시간을 두는 게 낫겠어. 당신 너무 깊이 빠져있잖아."

이런 얘기를 누군가에게 들었다는 건 좋은 징조다! 이야기꾼의 탄생을 목격하게 될지도 모르기 때문이다. 사실 모든 창작자는 이렇게 태어난다. 누군가의 만류와 핀잔, 타박을 들으며 그 압박을 견디면서, 압박 속에서 피어나는 거다. "좀 적당히 하지 그래? 돈도 안 되는 일을 뭘 그리 열심히 해? 취직을 해야 하지 않아? 그거 언젠까지 붙들고 있을 거야?" 이런 말들은 무용한 창작 행위를 하는 자의 몸통을 관통하며 흘러간다. 나는 그네 위에서 날아오르는 어린 K를 다시 떠올렸다. 잠든 폭죽이 깨어나려나?

K는 구상한 이야기 중 몇 가지를 들려주며 즐거워했다. 그런 모습을 보는 게 처음이었다. 그를 보면서 문득 궁금해졌다. 우리가 무언가를 창작하고 싶어 한다면, 글을 쓰거나 그림을 그리고, 악기를 연주를 하거나 뜨개질을 하고, 요리를 하고 싶어 한다면 그 이유가 뭘까? 창작 행위의 근원적 물음 앞에 서있는 내게 K가 무심코 이런 말을 던졌다.

"준. 소설을 쓰는데 처음으로 이런 감정을 느꼈어요. 인생, 갑으로 사는 기분?"

바로 그거다. 인생을 을이 아닌 갑으로 사는 기분을 느끼고 싶어서! 내 삶을 내 뜻대로 지휘하는 기분을 느끼고 싶어서 우리는 무언가에 몰두한다. 작은 것일지라도, 능동적으로 몰두하는 창작 행위에는 인생을 손으로 쥐고 가는 자의 기쁨이 밴다. 물론 K는 열심히 살았고 그동안의 일에서도 의미를 찾아왔겠지만, 때로 을의 입장에서 누군가의 뒷치다꺼리를 하고 있다는 피로함을 떨칠 수 없었을 게다. 해야 해서 하는 일, 누군들 이런 느낌에서 완전히 벗어난 삶을 살 수 있을까. K는 오랜만에 심심한 시간을 가졌고, 여러 가지 생각을 했고(바쁘지 않아야 생각할 수 있다), 문득 소설이 쓰고 싶어졌을 게다. 누구의 간섭 없이 이야기를 만들고 표현하는 과정 속에서 자유와 창작의 기쁨을 새삼 느꼈을 것이다. 결과를 생각하지 않고 일단 뛰어드는 일의 귀함이여.

물론 모든 창작 행위가 항상 이런 마음을 가져다주는 건 아니다. K에게도 말했듯이 이런 시간은 자주 오지 않고, 와도 어느 순간 지나가버린다. 나는 K의 모습, 이야기꾼의 탄생 과정을 지켜보며 중요한 점을 하나 더 깨달았다. 내가 아는 것, 혹은 안다고 생각하는 것일수록 온전히 즐기기 어렵다는 거다. K가 자신의 전문 분야인 미술사 책을 쓰는 걸 어려워했듯이. 왜일까?

글을 잘 쓰는 작가에게도 한 글자도 못 쓸 것 같은 순간이 온다. '잘하고 싶은 마음'이 글을 시작하지 못하게 만들기 때문이다. 글뿐만일까. 그게 뭐든 잘해야 한다는 부담, 스스로 전문가라는 자의식, 기대에 부응해 칭찬을 받아야 한다는 욕망은 일을 진행하기 어렵게 한다. 때때로 내가 종이 위에서 서성인다면, 백지를 피해 도망 다니려 한다면, 엄청나게 좋은 글을 써야 한다는 욕심 탓일 게다. 얼토당토 않지! 엄청나게 좋은 글이라니? 바보 같긴.

누구도 내게 '최선의 것'을 내놓으라고 하지 않았는데, '최선의 것'을 만들어야 한다는 저주에서 벗어나지 못하고 허덕이던 어느 날. 나는 구원을 받았다. 볼테르의 이 문장을 읽은 거다.

"최선은 선의 적이다The best is enemy of the good."

얼마나 날카로운 인식인가! 최선best은 모든 선good을 속박한다. 그대로 충분히 가치가 있는데, 최고로 좋은 상태를 만들기 위해 무리하거나 시작도 못하는 일, 바보 같은 일이 아닐 수 없다. 자의식 과잉 상태다. 완벽을 추구하는 장인정신도 좋지만, 사실 그런 마음은 창작을 '시작'하는 데 도움이 안 된다(창작의 막바지라면 얘기가 다르다). 물론 세상에 존재하는 단 하나의 도자기를 구워야 한다면야 뭐, 괜찮은 정신이다. 그렇지만 딱 한 점의 완전무결한 도자기를 구워서는 굶어 죽기 십상인 21세기에 사는 우리들! 딱 한 편의 명작을 쓰고 절필할 것도 아니지 않은가. 나는 완벽주의와 '사회적 거리두기'를 하기로 한 뒤에야 마음이 편해졌다. 완벽이란 게 가능할 것 같지 않을 뿐더러 글쓰기의 즐거움은 치밀어 오르는 이야기를 사심 없이(사심 없이!) 꺼내놓는 데서 시작한다고 믿는 까닭이다. 가능하다면 즐거운 마음으로 훨훨 쓴 다음, 시간을 들여 마음에 들 때까지 공들여 수정하는 게 좋은 방법이라고 생각한다. 자기 안목을 믿고, 찬찬히 퇴고해 밖으로 내놓기. 이 과정 역시 즐겨야 한다. 물론 고단할 테지만, 창작의 고통 속에서도 충만함이 느껴진다면 잘하고 있는 것일 테다.

소설을 쓰기 위해 매일 책상에 앉는 시간이 좋다고 말하는 K, 시작하는 K를 보니 알겠다. 우리에겐 저마다의 주머니가 필요하다. 그 주머니엔 "인생을 갑으로 사는" 자기만의 무엇이 들어있을 것이다. 그걸 '낙樂'이라 고쳐 말해본다. 낙이 있다는 것. 그건 살 만한 인생이다.

누가 말려도 들리지 않는 일, 그저 좋아서 하고 하고 또 하는 일. 대가? 일단 그런 건 천천히 생각하자. 나중에 저절로 얻게 된다면 모르지만, 우선은 그냥 좋아서 그 일을 하자. 그런 걸 찾았다면 절대 놓치지 말고, 함께 오래 살아야 한다.

순간을 봉인하면 영원이 되나

순간을 봉인하면 영원이 되나? 이 물음에서 방점은 순간도 영원도 아닌, '봉인'에 찍혀야 한다. 밀폐 용기는 순간과 영원 사이에서 '봉인'의 임무를 떠맡는다. 어떻게 봉인하느냐에 따라 순간은 영원을 향해 흐르거나, 영원이 순간의 탈을 쓰고 사라진다.

두부를 반으로 가른다. 하나는 토막 내 찌개에 넣고, 남은 것은 밀폐 용기에 넣는다. 차가운 물을 채우고 소금을 약간 넣는다. 밀폐 용기 상부와 뚜껑을 맞물리게 덮고, 네 개의 잠금부를 차례로 걸어 잠근다. 공기가 들어가지 않게 밀폐한 용기 안에서, 두부는 쉽게 상하지 않을 것이다. 밀폐 용기 안에 잠긴 두부의 시간과 바깥에 있는 두부의 시간은 다르게 흐를 것이다. 밀폐 용기 안에서 시간은 느려지고, 아주 잠깐이지만, 두부는 미라처럼 영원의 시간을 떠올려볼지도 모른다.

누가 맨 처음 밀폐 용기를 고안했을까? 그는 보존 욕구가 강한 이였을까? 대체로 밀폐 용기 안에는 변하기 쉬운 것들, 시간을 두고 사용하고 싶은 것을 담는다. 요리를 하고 남은 식재료들, 잘라 놓은 과일, 여러 날을 두고 먹을 반찬, 포장을 뜯은 가공식품, 밖에 두면 맛이나 색이 쉽게 변하는 것들…….

밀폐 용기는 '순간의 영원성'을 꿈꾼다. 이때 영원은 '끝없는 시간'을 의미하지 않는다. 밀폐 용기는 십 년이나 백년 후를 꿈꾸지 않는다. 이르면 오늘 저녁이나 내일 점심, 길어야 몇 달 후, 혹은 일이 년 후를 생각한다. 염장 식품의 경우는 예외지만, 밀폐 용기의 음식들은 짧은 미래를 영원으로 생각한다.

밀폐 용기에 음식을 갈무리하며 우리가 바라는 건 하나다. '이 음식이 영생永生하게 해주세요'가 아니라, '지금 이대로, 머무르게 해주세요'다. 밀폐 용기는 영원보다 순간을 갈망한다. 더 분명하게는 '영원한 순간'을 바란다. 공기 접촉을 줄여 좀 더 신선한 상태의 음식을, 오래 두고 먹을 수 있길 바란다. 결국 부패의 진행을 더디게 하도록 고안해낸 물건이 밀폐 용기다.

시간과 싸워 이길 수 있는 건 없다. 시간은 무엇이든 먹어치운다. 야금야금 티 나지 않게, 혹은 게걸스럽게, 때론 단번에 먹어치운다. 시간은 아기를 자라게 하고, 청년을 늙게 한다. 사랑을 사라지게 하고, 나무를 썩게 하며, 별을 소

멸하게 한다. 가구를 낡게 하고, 동물을 죽게 한다. 시간은
무엇도 '그냥 그대로' 두지 않는다. 시간은 방관자이자 폭
군이다. 예외를 두지 않으며 자비를 모른다.

밀폐 용기도 시간 앞에선 패배한다. 밀폐 용기의 고집스
러운 폐쇄성, 튼튼함, 음식물을 처음 상태 그대로 끌어안고
있으려는 무색무취의 원칙주의도 긴 시간 앞에선 소용이
없다. 냉장고 구석에 방치되어있던 밀폐 용기를 꺼낸다. 뚜
껑을 열지 않았는데도 그 안에 담긴 콩나물무침이 상한 걸
알 수 있다. 상한 것은 상한 것 고유한 특징을 드러낸다. 콩
나물은 으깬 치즈처럼 탁한 색을 띠고, 축 늘어져있다. 상
한 콩나물은 미끌미끌하고 물기가 많다. 뚜껑을 여는 순간
부패의 냄새가 확 밀려온다. 밀폐 용기는 콩나물의 변질을
막을 수 없었지만, 악취만은 가까스로 붙들고 있었다. 뚜껑
을 열자 두 손 들고 나자빠지는 밀폐 용기의 영혼이 보이는
것 같다. 고단했을까? 스스로는 결코 더러워지지 않지만,
다른 것을 지키려다 더러워지는 존재. 그러나 밀폐 용기는
불사조다. 깨지기 전에는, 원래 자기 성질로 돌아온다. 닦
고 헹궈내고 말리면, 언제든 새로운 것을 담아내려는 의지.

내게 요리는 '싱싱하게 죽어있는 것들'의 미味학적 현상
으로 보일 때가 있다. 시인 비슬라바 쉼보르스카 또한 "모
든 메뉴는 일종의 부고訃告"라고 썼다. '싱싱하게 죽어있는

것들(요리)'에겐 밀폐 용기가 필요하다. 반면 '진짜 살아있는 것들'에게 밀폐 용기는 죽음에 이르게 하는 처형실 같은 거다. 나는 밀폐 용기를 이용해 살생을 저지른 적이 있다.

얼마 전 지인이 택배로 전복을 보내주었다. 열어보니, 전복은 살아서 꿈틀거리고 있었다. 산 전복을 손질하려니 쉽지 않았다. 칫솔로 전복 구석구석을 닦고 껍데기에서 몸통을 분리하는데, 손끝으로 그들의 끈질긴 생명력이 느껴졌다. 산 전복을 손질하는 일이 끔찍하단 생각이 들었다. 나는 그들을 빨리 죽이기로 했다(이 아이러니!). 살벌하지만, 전복의 신선도는 유지하되 빨리 숨을 죽일 수 있는 방법을 떠올렸다. 커다란 밀폐 용기에 전복을 담고, 찬물을 반쯤 부은 후 뚜껑을 덮어 봉인했다. 그대로 냉장고에 넣고 기다렸다. 산소가 희박한 곳에서 전복은 죽어갈 것이다. 다음 날 아침, 과연 전복은 참하게 죽어있었다. 이때의 밀폐 용기는 '죽음을 신선하게 보존한 관棺'이다.

넣을 수 있다면, 밀폐 용기에 이런 것을 담아보고 싶다.

초여름 화단에 떨어지는 빗소리, 잠든 연인의 숨결, 유년의 눈물방울들, 첫눈 내리는 날의 정적, 겨울밤의 고요, 아기새의 첫 날갯짓, 높은 곳에서 아래를 내려다보는 고양이의 고독, 죽은 사람의 마지막 눈빛, 미세먼지 없는 날의 아침 공기, 당신이 내 이름을 부르는 목소리. 그 순간의 떨림. 울림통을 통과해 입 밖으로 나오는 순간의 공기. 주변을 청량하게 흔들어 깨우는, 당신의 다정한 목소리 같은 것.

결코 열어보지 않으리라.

순간이 영원으로 흘러갔는지, 영원이 순간에 고여있는지 확인하지 않으리라.

영원이란 바로 오늘이며, 무한한 수의
사물에 대한 직접적이고 찬란한 향유이다.[*]

정말 소중한 건 잡을 수 없고, 담을 수 없다. 사라지는 '순간'들 속에서만 반짝인다. 행복의 표적이 되는 찰나. 눈을 감았다 뜨면 없는 것들. 어쩌면 우리가 맞는 모든 순간은 완전히 향유한 자의 기억에서 지워진 뒤에야, 영원으로 남는 걸지도 모른다.

---

[*] 호르헤 루이스 보르헤스, 『영원성의 역사』, '한스 라센 마르텐센'
의 말 재인용, 민음사

끔찍한 세상에서 우아하게 말하기

전염력이 강한 바이러스가 사라질 기미를 보이지 않고, 학교에선 저학년 아이들에게 '친구와 물건을 나눠 쓰지 말라'고 가르친단다. 감염 확진을 받은 자의 이마엔 투명한 낙인이 찍히고 그들의 사생활이 아무렇게나 파헤쳐지며 지탄을 받는다. 마스크 한 장에 하루를 맡기고 걷는 이들은 지칠대로 지쳐있다. 일각에선 고용인이 피고용인을 괴롭히고, 욕망에 코가 꿰인 남자들이 끔찍한 방법으로 여성을 착취하며 돈을 벌고 돈을 쓴다. 피해 여성이 끝도 없이 나오는데 성범죄자들의 형량은 실소가 나올 정도로 짧다. '한남은 무조건 싫다'는 여성들과 '페미니스트는 무조건 싫다'는 남성들이 실시간으로 서로를 비방한다. 정치인들은 자신이 절대 선善인 듯 거만하게 굴거나 별 대안도 없이 상대 진영의 의견에 반대만 하고 있다. 그 와중에 한 나라의 수도를 책임지던 수장은 산적한 문제들과 본인에게 피해를 입었다고 호소하는 자를 등지고 떠나버렸다. 문제는 많고, 책임질 사람은 없다. 억울함을 호소하는 자와 억울할 일이 진짜 있느냐고 따지는 이가 남아 '또' 싸우고 있다.

갈등은 어느 한쪽이 '절대 선', '절대 정의'라고 생각하는 순간 더 깊어진다. 인간은 신이 아니기에 수시로 논리의 오류를 겪는다. 가해자와 피해자의 위치도 전복될 수 있다. 불완전한 이들이 모여 싸우고 지지고 볶으며 사는 곳이 '사회'이기 때문이다.

희망은 있을까? 희망이 있다면 어떤 크기인지, 어떤 모양인지는 모르겠다. 다만 희망은 늘 어딘가에 '끼어'있는 거라고 생각한다. 사람과 사람 사이. 눈과 눈 사이, 귀와 귀 사이, 손과 손 사이, 발과 발 사이에. 책과 책 사이, 집과 집 사이, 도시와 도시 사이, 대륙과 대륙 사이에 끼어있는 것. 누구도 희망을 '들고' 나타나지 않는다. 그것은 끼어있으므로 잘 보이지도 않는다.

나는 '희망'이 사회 구성원이 사용하는 언어 수준, 논쟁을 주고받는 태도, 소통의 정도에 따라 존재하거나 부재한다고 생각한다. SNS나 인터넷을 통해 누구나 손쉽게 의견을 낼 수 있지만 소통은 요원해 보인다. 누군가는 연대, 의사 표현, 자유로운 비평이라 하지만 진정한 소통을 이룬다고 볼 수 있을까? 인터넷이나 SNS에는 시간이 없다. 실시간만 있다. 침묵과 망설임, 고민과 사유가 깃든 의견은 드물다. 넘쳐나는 말들의 나부낌과 가벼운 비방 속 갈등의 양상만 드러날 뿐이다. 한 포털 사이트에서 '연예 기사'에 한

해 인터넷 댓글 창을 닫았을 때 얼마나 좋았는지 모른다! 단지 욕설과 비방하는 댓글을 보지 않아도 되어서만이 아니다. 기사에 대해 천천히 생각하고, 손쉽게 의견을 주고받느라 감정을 소모하지 않고, 잠시 내 사유만으로 그득해질 수 있어서다.

누군가를 말로 비난하는 일은 쉽다. 잘못을 따져보고, 죄를 물은 후 기다리고, 성의 있는 언어로 생각을 주고받는 과정이 어렵다. 훌륭한 인간? 그런 게 있을까? 각자 이해와 입장, 처지가 있을 뿐이다. 덜 나쁜 사람이 있을 뿐이다. 약자와 소수자의 말에 좀 더 귀를 기울이고, 차별 없는 사회를 만들려고 노력하는 자가 있을 뿐. 희망은 늘 '사이'에 끼어있으니까, 싸워야 할 일이 있다면 거리를 지키며 격조 있게 싸워야 한다. 쉽게 내뱉은 말로 문제의 머리채를 휘어잡지 않는 것. 혁명이나 독재 타도 같은 문제라면 피 흘림도 각오해야겠지만, 그런 게 아니라면 우선 언어에게 격조 있는 칼을 쥐여주어야 한다. 문제 상황을 두고 화를 낼 뿐인 사람이 되는 건 의미가 없다. 모두 자기 말과 자기 분노에 책임을 지고 발언해야 한다. 비방과 비난이 난무하는 곳에 그저 숟가락 하나를 얹은 후 정의를 실현한 척, 알량한 면죄부 한 장을 얻은 듯 행동하는 건 지양해야 한다. 문제의 '문'을 찾아내 두드리는 건 중요한 일이지만, 부서질 때까지 문을 두드리기만 하는 일은 옳지 않다.

희망은 문이 아니라 어느 지점엔가 문이
있으리라는 감각, 길을 발견하거나 그 길을
따라가보기 전이지만 지금 이 순간의 문제에서
벗어나는 길이 어딘가 있으리라는 감각이다.
때로 급진주의자들은 문을 찾지는 않고 벽이
너무 거대하고 견고하고 막막하고 경첩도
손잡이도 열쇠 구멍도 없다고 벽을 비난하는
데 안주하거나, 문을 통과해 터벅터벅
나아가면서도 새로운 벽을 찾아댄다.*

산재한 문제를 해결하기 위해 더 많은 자가 목소리를 내
야 하지만, 목소리에는 반드시 품위와 인격이 담겨야 한다.
그다음에야 희망을 "감각"할 수 있을 것이다.

---

* 리베카 솔닛, 『어둠 속의 희망』, 창비

쓸 수 없는 순간들

가장 좋은 건 쓸 수 없다. 진짜인 것, 불의 핵, 어둠의 씨앗, 사랑의 시발점 같은 것. 그런 건 밤의 한강에 빠져 죽었거나 펼쳐보지 않은 공책 귀퉁이에서 죽어간다. 발견되지 않는다. 납작하게 숨어있다. 적당히 좋은 건 쓸 필요가 없다.

어떤 장면은 그 자체로 너무 시적이라 시로 쓸 수 없다. 시라니? 읽어보면 정작 그 안에 시 없는 시가 얼마나 많은지. 차라리 세상 곳곳에 시가 널려있다. 이가 들끓는 머릿속처럼 시 천지다. 우리가 보지 못하고 지나칠 뿐이다. 그걸 다 잡아다 쓸 수 있으면 좋으련만, 나는 시 아닌 일로 늘 바쁘다.

좀 더 커다란 장면을 생각해보자. 거대해서 보는 이를 압도하는 장면. 압도한 나머지 흘려보낼 수밖에 없는 장면을 생각해보자. 아흔 살 나이에 녹아버린 초처럼 흘러내리다 죽은, 내 할아버지의 마지막 며칠에 대해서 나는 쓰지 못했다. 짧은 글을 쓴 적도 있지만 성에 차지 않았다. "늙어

죽는 사람은 새벽이 가만히 놓아주는 사람" 이렇게 시작하는 시를 쓴 적 있지만 내가 한 경험에 비하면 소꿉 같은 이야기다. 한 사람이 '늙어' 죽기까지 얼마나 오랜 시간이 걸리는지, 죽음이 얼마나 집요하게 한 사람을 거둬 가는지, 그걸 어떻게 온전히 다 담아낼 수 있을까? 누가 다 봤다고 말할 수 있을까?

영상은 많은 걸 보여주지만 앵글 밖으로 '지나다니는' 진실까지 담을 순 없다. 사진은 순간을 얼려낸다. (순간을 압인하는 방식은 시인들이 좋아하는 글쓰기 방식과 닮았다.) 사진의 좋은 점은 소리를 지운다는 거다. 소리는 많은 걸 압도하므로 소리를 지우면, 감각들이 살아난다. (음악을 끄면 보인다. 여기저기서 일어서는 누추한 삶의 몰골들!) 사진은 상상력을 자극하지만 고정성이란 한계가 있다. 녹지 않는 얼음, 그건 좋으면서 슬픈 일이다. 언어는 어떨까? 글은 동시성을 획득하기 어렵다. 모든 글은 후일담이다. 쓰는 사람은 언제나 '순간'을 지난 뒤, '장면'의 다음 장에 서서 쓴다. 생각과 경험의 꽁무니를 차면서 나아가야 한다. 생각은 예술가의 표현 욕구를 자주 막는다. "나는 생각하지 않는다, 감각할 뿐" 이라고 쓴 페소아는 생각의 한계에 대해 알았던 게 분명하다. 언어가 앞설 때도 있다. 시의 경우가 그렇다. 시 속에서 신이 난 언어는 시인과 장면을 벗어나, 혼자 저만치 날아가기도 한다. 드물게 일어나는 일이다.

순간은 붙잡히고 싶어 하지 않는 시간이다. 순간은 언제나 지나가는 중이다. 순간은 몸이 없다. 그런데도 누군가는 순간을 붙잡으려 한다. 쓸 수 있으려면 시간을 내 편으로 만들어야 한다. 순간이 나를 압도하면, 언어는 사라지고 싶어 한다. 언어는 뒤에 오므로, 펼쳐진 순간 앞에서 작아진다. 언어는 섹스 후에 하는 빨래처럼, 중요한 걸 지운다. 깨끗한 성공. 깨끗한 실패. 언어는 쓰는 자를 도울 준비가 되어 있지만 쓰는 자는 언어를 믿지 못한 채 두려워한다. 언어는 이따금만 황홀하게 군다. 존 버거는 "언어는 언제나 경험보다 작다"고 했다. 정확하다.

써야겠다고 생각하지만 아직 쓰지 못한 '그 장면'이 있다. 나는 그걸 '찢어진 페이지'라고 부른다. 누구나 인생에서 찢어진 페이지 몇 장은 가지고 있다. 그렇지 않은가? 그런 건 쉽게 쓸 수 없다. 시간이 걸린다. 쓸 수 없는 이유는 내가 '그 장면'으로부터 상처받았기 때문이다. '그 장면'에 전염되어, 나 스스로가 '그 장면'이 되었기 때문이다.

아직은 완전히 털어놓을 생각이 없다. 나는 글 쓸 때 부끄러움을 느끼는 타입이 아니고, 밖을 의식해 검열하는 타입도 아니다. 써야 한다면 가능한 정확하게, 이야기에 맞는 옷을 입혀 내보내려 할 거다. 음악이 필요하면 음악을 넣고, 침묵이 필요하면 침묵을 넣어보려 하면서. 용기를 내

려 할 테다. 문제는 아직 '그 장면'이 내게서 떨어지지 않았
다는 거다. 어느 날은 무릎에 어느 날은 발목에 '그 장면'이
떨어지지 않고 붙어있는 걸 본다. 나는 같은 꿈을 반복해
서 꾼다. 시끄러운 소리를 내며 함박눈이 내리는 장면. 눈
은 폭력적이다. 눈은 악을 쓴다. 눈은 내리면서 앞을 막는
다. 고속도로, 아스팔트, 밤의 차가운 중심, 눈은 이 모든 것
위로 뛰어내린다. 누군가의 비명을 타고 내린다. 함박눈 소
리에 파묻혀 무엇도 들리지 않는 꿈을 꾼다. 말하지 못해서
꾸는 꿈이다. 눈이 사이렌을 끌고 간다. 꿈속에서, 귀가 다
녹을 때까지 눈이 내린다.

그날 밤, 다섯 명이 있었다. 안팎으로 눈이 넘쳐났다. 벽
돌 같은 눈이었다. 맞을 때마다 피를 흘리게 하는 눈이었
다. 온몸을 묶인 채 끌려가던 자가 있었다. 악에 받친 소리,
눈의 소리였다. 질문의 말이었다. 아무도 답하지 않았고,
눈은 무자비했다. 모두가 눈을 노려봤다. 모두가 소리를 빼
앗겼다. 눈이 다 했다. 나는 눈의 저의를 파악하려고, 신이
우리에게 주는 똥이 차가운 비명으로 쏟아지는 걸 확인해
두려고 절대로 눈을 감지 않았다.

나는 지금 시도하고 있다. 그러나 제대로 쓸 수 없다. 깨
끗한 실패. 깨끗한 성공.

어쩌면 '그 장면'에 대해 말하고 싶지 않은 것 같다. 나는 아직 입을 찾지 못했다. 나는 무언가를 데려와 종이 위에 살게 하고 싶은 사람, 종이 위에서 아귀처럼 쩝쩝대는 사람, 중요한 건 '글의 음색'이라고 믿는 사람이다. 그러나어떤 음색을 내는 게 좋을지, 글이 입을 옷을 고르지 못했다. '그 장면' 앞에서 나는 옷을 거부하고 있다.

로맹 가리의 소설 『흰 개』에 이런 문장이 나온다.

책을 쓸 때는, 이를테면 전쟁의 처참함에
대해 쓸 때는 처참함을 고발하려는 게 아니라
그것을 떨어내려고 쓰는 것이다 *

나는 이 문장을 읽고 울었다. 아름다운 문장은 독자를 감동하게 만들지만, 정확한 문장은 독자를 상처받게 한다. 살리기 위해 내는 상처다. '그 장면'을 쓰려 할 때마다 내 속에서 일어나는 동요, 허기, 절박함, 떨림, 슬픔의 이유를 알았다. 고발이 아니라, 표현 욕구가 아니라, 나는 떨어내고 싶어서 쓰고 싶은 거다. 쓴다는 건 벗어나는 일, 변태 후 다른 페이지로 이동하는 일이다. 나는 여전히 '그 장면'에 속

---

* 로맹 가리, 『흰 개』, 마음산책

해있다. '그 장면'이 내게 말하는 것 같다.

나? 나는 너무 커. 나는 이야기가 아니야. 인생 밖으로 흘러가고 싶어 한 한 줄기 검은 물이지. 물을 잡을 수 있니. 물은 순간을 갱신해. 장면을 놓치지. 이곳에서 사라지지.

찢어진 페이지, 일어난 적 없는 척하는 페이지, 없다고 치부한 경험들은 결국 돌아온다. 시간의 규칙에서 벗어나 돌아온다. 잠결에, 길을 걷다가, 접시에 음식을 덜다가, 눈 내리는 풍경을 마주하다 다시 겪는다. 열 번. 스무 번. 지나치게 많이, 오래.

한때 나는 내 축축한 세계가 완전히 증발하려면 얼마나 오래 걸릴지 가늠해보다 울었다. 바보 같은 일이다. 증발을 바라며 울다니? 바보 같은 일이지.

나는 함박눈이 소리의 최대치를 데려오며 내리는 걸 믿는 사람이다. 쓸 수 없는 장면을 여전히 많이 가진 사람이다. 쓰려면 강해져야 한다. 나무 오백 그루를 껴안을 수 있을 만큼. 힘이 필요하다.

책점

인간은 앞날을 알 수 없다. 알 수 없음은 불안을 불러오고, 불안은 우리를 열심히 살게 한다. 열심히 공부하고 저축하며 일하게 한다. 우리가 언제 죽을지, 언제 망하거나 성할지 알 수 있다면 어떨까? 내일 지구가 망한다 해도 한 그루의 사과나무를 심는 사람도 있겠지만 인생의 무상함을 한탄하며 옆으로 기울어지는 사람도 있을 것이다. 앞날을 알 수 없다는 것! 그것은 인간을 움직이게 한다. 좋은 쪽이든 나쁜 쪽이든, 약간 어리석은 쪽으로든.

불안 앞에서 나는 약간 어리석은 쪽으로 움직이는 타입이다. 불안할 때 책점을 본다. 일종의 미신인데, 불안한 마음을 어디에라도 잠시 기댈 수 있게 하려는 나만의 꼼수다. 방법은 간단하다. 한 손으로 심란한 마음을 부여잡고, 다른 한 손으론 그날 눈에 들어오는 책을 편다. 마음을 책 속으로 욱여넣은 뒤 양손으로 책을 잡는다. 경건한 마음이어야 한다. 눈을 감고 손끝으로 책장冊張을 더듬어, 마음에 잡히는 페이지를 찾는다. 이거다 싶을 때, 선택한 페이지를 펼치며 눈을 뜬다. 지금부터가 중요하다. 인쇄된 활자 중에 나를 기다리고 있었을 '한 문장'을 찾는다. 나를 위해 신이 준비해 놓은 문장(구절이나 단어라도 좋다)이라는 듯, 그걸 취하면 된다. 얼핏 수동적인 일 같지만, 문장을 찾는 일은 본인이 해야 하기에 좋은 눈을 장착해야 한다.

얼마 전 돈 문제로 이리저리 손익을 따져보며 근심한 적이 있었다. 그때 바쇼의 하이쿠 선집을 쥐고 책점을 보았더니 이런 문장이 나오는 게 아닌가.

나의 집에서
대접할 만한 것은
모기가 작다는 것 *

책점의 신이시여! 나는 무릎을 쳤다. 내가 가진 게 뭐가 있다고, 손익을 따져보며 혼자 옹졸하게 굴었단 말인가. 집에 온 손님에게 대접할 거라곤 고작 "모기가 작다는 것"(모기가 없는 것도 아니고!) 정도인데 말이다. 옆에 앉은 남편에게도 별 설명 없이 책장을 아무 곳이나 펼쳐보게 했다. 영문도 모르고 손에 잡히는 페이지를 열어본 남편.

---

* 마쓰오 바쇼, 『바쇼 하이쿠 선집』, 열림원

어디서 겨울비 내렸나
우산 손에 들고
돌아온 승려 *

책점의 신이시여! 우리 가족의 안빈安貧과 쓸쓸함을 굽
어 살피소서. 겨울비를 맞으며, 돌아온 승려의 처지라니.
빈손으로 왔다 빈손으로 가는 인생, 욕심을 내어서 무얼 하
며 걱정을 한들 무얼 하랴.

당신이 혀를 차며 나를 한심하게 여긴대도 할 수 없다.
이건 일상의 작은 위안과 재미를 위해 그냥 해보는 일이다.
내 운명을 점친다거나 먼 미래까지 알려고 드는 건 아니다.
그날그날의 기분이나 소소한 걱정을 앞에 두고 까불어보는
거다. 오늘의 재채기랄까. 당신도 한번 해보시라. 생각보다
즐겁고, 기울어진 마음이라면 문장에 기대 마음을 잠깐 곧
추세울 수도 있다. 얼마 전 사람을 만나는 자리에 하이쿠
점괘를 쓴 메모지를 여러 장 들고 가 책점을 봐줬는데, 다
들 즐거워했다. 누구나 앞날은 궁금하고, 크고 작은 고민은
있는 법이니까.

---

* 마쓰오 바쇼, 『바쇼 하이쿠 선집』, 열림원

참고로 책점은 어느 책으로든 볼 수 있지만 의미심장한 문장을 얻고 싶다면 시집을 이용하는 게 좋다. 소설이나 희곡, 문학을 다룬 책이라면 더 근사한 문장을 얻을 수 있다. 책은 무엇보다 읽기가 우선이지만, 이렇게도 옆에 둘 수 있다는 것. 재미있지 않은가. 자, 오늘은 어떤 문장에 기대볼까? 두근두근! 방금 내가 뽑은 문장은 이렇다.

> 사람들은 '가벼움'이 '무거움'보다 더
> 강력하다는 사실을 발견한다. 마치 먹구름이
> 성을 무너뜨릴 듯 덮쳐올 때 가느다란 햇빛이
> 재난을 와해시키는 듯하다.*

가벼움이 무거움보다 강력하다는 것! 오늘은 가벼움에 내 어리석은 마음을 기대야겠다.

---

* 위화, 『문학의 선율, 음악의 서술』, 푸른숲

여류라는 말

얼마 전 학식이 높고 인품이 훌륭하다고 소문 난 원로 작가 한 분을 만났다. 듣던 대로 점잖은 분이었으나 대화는 즐겁지 않았다. 그가 '여류 시인'이란 단어를 서른 번쯤 사용했기 때문이다. 여류 시인이…… 여류 시인은…… 여류 시인과……. '여류'라는 말을 들을 때마다 엉덩이에 자갈을 깔고 앉은 것처럼 몸이 들썩였다. '잠깐만요. 말씀 중에 실례할게요. 시인이면 시인이지 여류 시인이란 말은 다 뭡니까? 불편하군요. 21세기에 그 단어는 시대착오적이라 생각합니다만.' 따져 묻고 싶었지만 여든이 넘은 분과 실랑이하기 싫어 참았다.

여성이 전문 분야에 뛰어들어 성과를 보였을 때, 남성 중심의 사회가 이를 지칭하는 단어나 표현을 보면 그 사회의 심리가 보인다. '여류'는 '어떤 전문적인 일에 능숙한 여자를 이르는 말'로 사전에 등재되어 있는 단어다. 쓰임 예시도 나와 있다. 여류 작가, 여류 문인, 여류 팀, 여류 명사, 여류 수필가, 여류 비행가, 여류 기사, 여류 화가, 여류 문학

등등. 여류女流의 '류'는 '흐름流'을 뜻한다. 무리를 뜻하는 류類도 아닌 '흐름'을 뜻하는 글자라니, 여성의 전문 활동과 성취를 일시적인 흐름으로 재단하려는 단어 아닌가. 재미있는 게 '아류'라고 할 때도 같은 '류流' 자를 쓴다.

여성이 여성이라는 이유만으로 추앙되거나 깎아내려지는 경우는 많다. 여배우, 여의사, 슈퍼 우먼, 슈퍼 맘이란 말을 보자. 얼핏 보면 추앙의 의미로 보이지만 사회가 규정해 놓은 여성성에서 '벗어나 있는' 존재를 칭하기 위해 만들어 놓은 말로도 보인다. 수식어는 대상을 구체적으로 규정하려 한다. 이름 붙이고 낙인을 찍고 평가하려는 의도가 숨어있다. 평가! 그렇다, 평가가 포함되어있다. 남자 의사, 남자 작가, 남자 외교관, 남자 대통령이라고 하지 않는 이유는 인간의 기본값을 '남자'로 둔 이 사회의 사고방식 때문이다. 언어는 언제나 사회의 사고방식을 반영하며, 누군가에게 상처를 줄 위험을 품고 있다. 시대보다 앞서 살다 불운하게 죽은 나혜석은 이렇게 썼다.

> 나는 신여자로 자처한 일이 한 번도 없었고,
> 신인이라고 해주는 것을 별로 영광으로 알지
> 않는다 함이외다. 나는 사상가도 아니요,
> 교육가도 아니요, 예술가도 아니요, 종교가도
> 아니외다. 다만 사람의 탈을 썼고, 여성으로

태어났으며, 사랑으로 살아갈 도리만 찾을
뿐이외다. *

　여성도 여성이기 이전에 '사람'이라고 주장한 나혜석
은 자신이 그 무엇도 자청하지 않았다며, 다만 사람이고 여
성이며 살아가는 존재라고 말했다. 생각해보자. '여류'라는
말엔 여성을 세상(남성)의 아류로 전락시키려는 함의가 들
어있다. 여성은 남성의 반대도, 아류도 아니다. 남성과 다
르지 않은 '사람'이다. 평등하게 봐야 할 일에 구분을 짓고,
따로 이름을 붙이려는 행위에는 우열을 가리고 싶어 하는
자의 욕망이 들어있다. 우리가 아닌 '너희', 남성이 아닌 '여
류', 이곳이 아닌 저기. 선을 긋는 순간 차별이 생겨난다. 여
류라니? 차라리 어류라 불러다오.

---

*　나혜석 지음, 장영은 엮음, 『나혜석, 글쓰는 여자의 탄생』, 민음사

'셋'이라는 불안

숫자 3은 완전한 수라고 하여 신화나 이야기에 자주 등장한다. 성서의 삼위일체, 세 명의 동방박사, 베드로의 배신도 세 번이다. 통일을 이룬 나라는 대체로 삼국에서 하나(완전체)가 되었고, 완전한 구조라 알려진 피라미드도 삼각형이다. 그뿐인가. 가위바위보, 만세 삼창, 5전 3승제, 삼일장…… 생활에서 3으로 귀결되는 이야기는 많다.

그러나 인간관계에선 어떨까? 소설 『삼총사』나 『삼국지』에서 세 명의 우정을 근사하게 그리기도 했지만, 경험상 셋이 모인 관계는 어딘가 불안정하게 느껴진다. 셋의 관계 구도를 트라이앵글로 비유할 때, 생각해보라. 트라이앵글은 '찢긴 삼각형'이다. 찢긴 삼각형은 도형이 아니라 구부러진 선에 지나지 않는다. 세 개의 꼭짓점과 피타고라스의 정의와 세 각의 합이 180도라는 명제, 그리고 균형을 잃어버린 것. 트라이앵글의 뚫린 곳으로 무언가 빠져나갈 수 있음을, 모르는 사이에 중요한 것을 잃고 있음을 우리는 알고 있을까?

나는 딱 세 명으로 구성된, 절친한 관계를 여럿 가지고 있었다. 대부분 깨지거나 소원해졌지만. 오랜 시간 끈끈함을 유지한 사이임에도 깨져버린 관계가 있고, 둘의 격렬한 싸움으로 인해 파탄 난 관계도 있다(남은 한 명은 어느 편도 들지 못해, 결국 셋 다 갈 길 가게 되었다). 적당한 호감과 적당한 거리를 유지하다 자연스레 멀어진 관계도 있다. 이럴 땐 셋 중 어느 하나가 나서서 모임을 주도하지 않으면 관계를 유지하기 어렵다. '적당하다'는 건 관계에 애쓰지 않는다는 뜻이기도 하니까. 이 글에서 깨진 관계를 곱씹어보며 누군가의 잘못을 따져보려는 건 아니다. 어느 시점이 지나면, 그런 건 의미가 없어진다.

'셋'의 사전적 의미는 "둘에 하나를 더한 수"다. 애초에 셋으로 태어나는 관계는 드물다. 하나, 또 하나, 그리고 또 하나. 더해져서 셋을 이룬다. '셋'이 모인 관계에는 언제든 '더'와 '덜'이 낄 수 있다. 더 좋다가 덜 좋아지는 둘이 있고, 덜 싫어하다 더 싫어지는 둘이 생길 수 있다. 모르는 사이에 저울에 올라가 씨름하는 둘이 있고, 셋이 동시에 올라가 하나를 떨어뜨리는 일도 생길 수 있다. 셋은 약간의 '불안정'을 품고 있기 마련이니까. 앞날을 기약할 수 없다. 둘이 마주 볼 때 남은 하나의 위치 선정이 애매해질 수 있다. 구성원 모두가 성숙하다면, 혹은 서로에게 바라는 게 없는 관계라면 문제가 안 되겠지만 그런 경우는 드물다.

'둘'로 이루어진 관계라고 다를까? '둘'은 나 아니면 너, 당사자 간의 일이라 문제가 생기면 각자 멀어지면 된다. 하지만 셋은 다르다. 셋은 찢긴 자리에서 파열음처럼 떨어져 나가는 자(소수자)가 생긴다. 넷이나 다섯이라면? 원, 혹은 다각형 구도를 이루다 '어떤 일'이든 일어날 수 있겠지. 문제는 모임이 다수의 구성원을 가질수록 폭력이 개입할 수 있다는 거다. 수십, 수백, 수천, 수만 명의 모임이라면? 구성원들이 모여 기관이나 단체, 나라를 이룬다면? 수없이 떨어져나가고, 흘러내리며, 밟히는 존재가 생겨날 것이다.

다시 '셋'으로 돌아가보자. 결국 내가 서성이게 되는 곳은 여럿이 이룬 삼각형, 그 찢긴 공간 사이에 존재하는 '차별差別'이란 글자 위다. '차'와 '별'을 생각한다. 따로따로. 달라서差 나누別는 것. 이쪽과 저쪽. 여기와 거기. 위와 아래. 안과 밖. 그 사이에 수많은 찢긴 삼각형. 인간을 바이러스 취급하며, 다수의 안전을 위해 차별과 혐오로 폭력을 품는 사람이 있다. 금을 긋고 벽을 세우며 서로를 헐뜯는 사람이 있다. 생물학적 성과 사회적 성이 일치하는 사람이 있고, 일치하지 않아 고통 받는 사람이 있다. 의학과 법을 이용해 생물학적 성과 사회적 성의 '일치'를 꿈꿔보지만, 반대하며 선을 긋는 사람이 있다. '다름'을 악으로 규정하는 사람이 있다. 달라서, 존재를 짓밟히는 사람이 있다.

둘을 넘어 셋을 이루는 순간 '틈'으로 흘러내리는, 버려지는 사람들이 있다. 모든 게 '셋'이라는 불안에서 시작된 건지도 모르겠다.

〔 3부 〕

시인이 되고 싶은 사람에게

등단에 대해서

해서.

오늘 너는 내게 시 열 편을 보냈지. 메일에 첨부된 파일명은 '2020_신춘문예'.

2020이라는 숫자를 오래 들여다보았어. 그 숫자의 함의를 알고 있으니까. 어쩌면 2021, 2022, 2023년에도 네가 같은 이름의 파일을 만들고 있을지도 모른다는 것. 그렇지만 해서, 숫자는 숫자일 뿐이야. 시간이 너를 고단하게 할 순 있어도 무력하게 할 순 없을 거야. 그렇지?

겨울이 되면 시인이 되고 싶은 사람은 몸 어딘가에서 나뭇가지가 돋아날 것처럼 근질근질해지나 봐. 나도 잘 알지. 자꾸 종이 앞에 불려 오고, 마음은 돌멩이처럼 바닥에서 뒹굴고, 누가 멀리서 나를 부르는 것 같아 자꾸 돌아보게 되는 기분.

해서, 나는 기억하고 있어.

몇 해 전, 내가 진행하는 창작 수업에서 폭발적으로 시를 써내던 네 모습. 기가 질리도록 시에 빠져있던 네 모습 말이야. 시간이 지날수록 너는 더 강렬하고 아름다운 시들을 써냈지. 그때 네가 쓰던 시들엔 '화기火氣'가 있어서, 무엇이든 태울 것 같았단다. 너처럼 시를 쓰는 사람을 보면 선생이란 자리에 있는 자는 두렵고 조마조마한 마음이 들지. 네 불이 꺼질까 봐, 혹은 네가 품은 기운이 귀기 어려서, 혹은 네가 시를 쓰다 난관에 부딪쳐 포기할까 봐, 혹은 내가 너를 망칠까 봐 두려워지지. 엄밀히 말해 시는 가르칠 수 있는 게 아니고 그저 쓰는 사람이 잘 가고 있는지 방향을 제시해줄 수 있을 뿐이지. 시에는 정답이나 룰이 없고, 시를 이루는 성분과 목소리, 음악과 리듬은 오롯이 네가 결정해야 할 몫이니까.

걱정이 될 정도로 열의를 보이던 네가 공모전에 연이어 떨어지고, 오래 시들어있을 때도 내가 해줄 수 있는 건 없었지. "당분간 시를 안 쓰겠어요"라고 했을 때도 그 마음이 어떤지 알기에 그러라고 했지. 너는 네 시에 화상을 입은 사람처럼 보였어. 나는 네게 시는 들여다보지도 말고, 아예 다른 일들을 좀 해보라고 했지.

너는 필름 카메라로 사진을 찍고, 친구들과 독립 잡지를 만들어 발간하고, 브런치에 산문을 연재하며 건강해지는 듯 보이더구나. 그 일도 시의 한 부분일 거라고 생각해. 한참 후에, 나는 네게 이렇게 말했던 것 같아.

"놀듯이 장난치듯이 살금살금 시를 써보렴."

그리고 너는 원래 자리로 돌아온 사람처럼, 다시 시를 쓰고 있어. 내 마음은 또 두려워진다. 좋아서.

해서, 신춘문예라는 게 뭘까? "봄도 새로 오는데, 새로운 시인이나 하나 더 가져볼까" 생각하며 누군가 만들어낸 걸까? '신춘문예'는 우리나라에만 있는 문학 공모전이지. 매년 1월 1일에 각 신문사에서 분야별로 단 한 명씩, 새로운 신인을 뽑아 발표하는 일. 새해 첫날 신문에 얼굴과 이름이 실리고, 시인이나 소설가로 호명되니 꽤 명예로운 일이지. 천 명가량의 응모자 중 단 한 명을 뽑는 거니 좀 가혹하기도 한가?

해서, 너는 다시 돌아왔어. 시를 쓰는 사람으로. 그럴 줄 알았지만 생각보다 굳건한 마음으로 쓰는 사람의 자리를 지키려는 모습이 보기 좋더구나. 전에 만날 때 내가 그랬지? 시는 '무얼 위해서' 쓰이는 것을 못 견딘다고. 시는 수단이 되고 싶어 하지 않는다고. 그러니 등단을 위해서 쓰지 말라고 당부했지. 스스로 즐겁게, 쓸 수밖에 없으니 계속

쓰되 시가 모이면 '생각난 듯' 응모해보라고 말했지. 기억
나지? 계속 걷고 걷다가, 벽이 보이면 터치하고 돌아가는
사람처럼 응모해보라고. 응모한 뒤에는 응모한 것을 잊은
채 그냥 쓰던 대로 계속 쓰라고. 한 십 년 동안만 떨어질 생
각을 해보라고. 떨어진 것과 별개로 나는 내 갈 길 가겠다,
평생 쓰면서 살겠다는 생각으로 써보라고. 네가 빛나면, 너
는 밖으로 나오지 않을 도리가 없게 될 거야. 그걸 믿어.

지난 가을부터 썼다는 시 열 편 앞에서 나는 약간 떨었
지. 혹시 네 시가 안 좋아졌을까 봐. 너는 다시 열의를 갖고
시작하려는데, 오래 쉰 운동선수처럼 몸이 둔해지고 녹슬
었을까봐 두려웠어. 그런데 해서, 네 시를 읽은 뒤 나는 다
른 이유로 떨었단다. 얘는 진짜 소리를 내고 있어! 벽까지
걸어가서 터치를 하고 돌아오는 자의 담대한 목소리가 이
아이에게서 들려! 이 애는 하고 싶은 말이 있어. 강렬하고
단단해. 시 말고는 달리 표현할 길이 없는 언어를 가지고
있어!

네가 시를 통해 말할 때 하늘을 나는 기분일 거라는 것
을 알아. 그것 때문에 자꾸 시로 돌아온다는 것. 해서, 우리
는 멀리 가야 해. 설사 네가 등용문을 거쳐 '시인'이 되었다
고 해도 달라지는 게 없단다. 그저 사람들이 벽을 터치하는
네 모습을 '공식적으로' 보게 된 것일 뿐. 어쩌면 네 시를 좋

아하는 독자 몇 명이 버섯처럼 돋아날 수도 있겠지.

그런데, 그것뿐이야.

멀리 가야 해. 아주 멀리, 오래.

그러니 시를 손에 쥐려 하지 말고, 활개치거나 사라지도록 놓아주면서 가자. 나도 가야 해. 멀리. 같이 가자.

네가 쓴 시들이 나는 참 좋았어. 안녕.

태어나는 일

해서,
네 이름에 담긴 것들을 생각해본 적 있니?

좋아해서.
그리워해서.
두려워해서.
미워해서.
사랑해서.
기뻐해서…….

이 많은 '해서'들을 좀 보렴.

네 이름에 담길 수 있는 수많은 '인과'로 인해, 네 이름 앞뒤로 내려앉을 수 있는 온갖 기쁨과 슬픔, 결핍과 충만함을 상상해보렴. 너는 이름만으로도 부자가 될 수 있단다.

네 이름은 '다음'을 생각하게 하지. 끝이 없을 거라는 상상은 얼마나 아름다운지. 너는 완결을 거부하는 시처럼 계속 이어질 수 있는 거야. 그렇지 않니?

오늘 밤 달이 밝고 환해서,
그쪽을 생각해서,
아침이 멀었다고 해서,
생각나는 이름이 떠오르고 해서,

시를 쓰는 일은 세상의 별명을 지어주는 일이지.
(요새 나는 '세상의 별명'이란 제목으로 시를 쓰고 있어.)

언젠가 네가 커다란 당산나무 한 그루가 담긴 사진을 보내준 적이 있어. 메일함을 열고 사진을 보는데 좀 벅찼단다. 높고, 웅장하고, 푸르른 나무. 여름의 색깔. 저렇게 푸르러 지기 위해 나무는 얼마나 많은 시간 볕을 쬐고 바람을 쐬고 뿌리로 양분을 끌어모았을까.

나무 앞에서 너를 생각해. 눈에 보이지. 네가 초록으로 막 달려나가는 풍경. 뻗고 활개치고 도약하느라 멀리 멀리 달아나는 풍경. 이곳에서 다른 곳을 향해 달리는 풍경. 너는 얼마나 아름다워질까. 지독한 세상에서.

유독 시를 통해 아름다워지려는 사람들이 있지. 다른 방법이 아닌, 꼭 시로만 그걸 이루려는 사람들. 오늘도 나는 네가 보내준 당산나무를 보았어. 보다가 아예 바탕화면 이미지로 사진을 지정해놓고 보고 또 보았지. 당산나무 이파리들을 물결치는 네 머리카락이라고 생각한단다.

해서. 나이를 먹는다는 건 행동은 안 하는 주제에 말로만 오만 가지 아는 척하며 누군가에게 잔소리하는 일 아닐까. 사실 시를 앞에 두고는 무언가를 말하는 게 두렵단다. 그렇지만 용기를 내서 네게 다시 한번 말할게. 네 이름을 생각한다고. 네가 태어나는 소리를 듣고 있다고. 짙어지는 네 숲을 응원한다고.

예술가는 적어도 두 번은 태어나야 해. (요제프 같은 시인은 일곱 번 태어나야 한다고 말하지만!) 맨 처음 여자의 몸에서 태어났다면, 두 번째는 태어나(려)는 자기 안의 태동을 느끼고 견디면서 스스로를 낳아야 해! 물론 두 번째가 훨씬 어렵겠지. 스스로가 낳는 자이면서 태어나는 자이니까. 기억해. 네가 너를 낳아야 해. 예술가는 스스로가 어머니이자 자식이야.

자신을 돌볼 수 있는 자는 결국 자신밖에 없어. 네가 완전히 태어났다고 스스로 믿는 날 (그날이 생일이려나?), 우리 파티하자.

시로 인해서
네가 늘 충만하기를.

순진하게 사랑하는 법

사랑한다는 것은 순진함이요,
모든 순진함은 생각하지 않는 것……*

이 문장을 읽던 순간을 기억합니다. 몸의 세포들이 일제히 일어서는 것 같았지요. 이렇게 정확한 문장, 심장을 정통으로 찌르는 문장을 마주하면 얼어붙을 것처럼 서늘해집니다. 존재하는 수많은 말 중 정말로 '정확한 문장'은 드물기 때문입니다.

당신은 사랑에 빠진 적이 있나요? 순진하게 사랑에 빠진 적이요. 사랑으로 인해 내가 지불하게 될 위험 요소들—정서적·물질적 비용, 심리적 피로, 책임이나 의무, 실패 시 입게 될 상처 따위—을 생각하지 않고 '그냥' 사랑하는 일 말이지요. 사실 쉽지 않은 일입니다. 인간은 자주 손

---

* 페르난두 페소아, 『시는 내가 홀로 있는 방식』, 민음사

익을 따져보는 존재이고, '사랑' 역시 스스로에게 이로운 일이라고 믿기에 행하는 걸지도 모르니까요.

당신은 시를 쓸 때 어떤 마음으로 쓰나요? 순진함이 없는 사랑은 얼마나 많은가요? 시를 사랑한다고 말하면서 순진하게 사랑하지 않는 예비 시인들은 얼마나 많은가요?

스물다섯 무렵 저는 기댈 데가 시밖에 없었습니다. 사람들을 만나고, 웃고, 떠들고, 돈을 벌고, 무엇이든 잘해내는 척하다가도 밤이 되면 시 앞에 엎드렸습니다. 시를 숭배한 게 아니라 시에 매달렸습니다. 세상은 삐죽하고 제멋대로 무너져 흉물스러운 벽처럼 보였어요. 붙잡을 게 필요했습니다. 시를 쓸 때면 시가 곧 방패이자 문이며 오롯한 세상이 되어주었어요. 아침이 되면 불행한 일들, 처리해야 할 사건들이 밀려왔지만 괜찮았습니다. 제겐 시가 있었거든요. 시를 한 편 써놓고 물러나 바라보면, 저를 둘러싼 어둠이 힘을 잃는 듯 느껴졌습니다.

혹시 매일 빼먹지 않고 복근 운동을 해본 적 있으신가요? 코어의 힘을 기르면, 뛰거나 춤출 때 더 잘 뛰고 더 잘 춤출 수 있게 된다는 것을 경험해본 적 있으세요? 몸이 단단해지면 내가 에너지를 '품고' 서있다는 것을 느낄 수 있어요. 그건 스스로 몸을 통제할 수 있는 힘이 생겼다는 증

거지요. 시를 매일 쓰면, 내면의 코어가 강해져요. 감당하기 어려운 일들이 생겨도 그것을 시의 세계로 데려와 해부하고 언어와 상상을 버무려 문자로 바꿔놓으면, 잠시 동안 세상이 종이 한 장만큼 작아지는 기분이 들지요. 내가 통제할 수 있는 곳에서 아름답게 비틀린 사건들. 불행들. 아픔들. 그것들이 내 두 팔 아래에서 사그라들고, 다른 모양으로 숨을 쉬지요. 한동안 저는 그게 재미있어 미친 듯이 시를 썼습니다. 종이 위에 초고를 쓰고 일곱 번 여덟 번, 때론 스무 번씩 새 종이에다 옮겨가며 시를 고쳤어요. 그사이 제 내부는 강인해졌어요. 시는 저를 살게 했지요.

'의도'를 품은 채 쓰이는 글은 실패하기 쉽습니다. 가령 쓰는 자가 '이 시를 써서 시인이 되고 싶다'고 생각한 채 쓰는 시는 빛을 잃고 시작하는 거예요. 필름 카메라로 사진을 찍을 때, 인화하기 전에는 절대로 필름을 꺼내보지 않죠? 우리에겐 어둠을 어둠인 채로 둬야 하는 시간이 필요합니다. 무명은 무명인 채로, 시가 아닌 것은 시가 아닌 채로 두어야 시가 됩니다.

좋은 시이길 바라며, 의도를 품은 채로 쓰이는 시는 순진함을 잃어요. 순진함을 잃은 시는 곧 자연스러움을 잃고요. 가장 뛰어난 예술 작품은 자연스러운 작품이지요. 이룰 수 없는 것을 이룬 것! 작품(만든 것)이 자연(태어난 것)이 되는 것!

저는 시작하는 사람에게 부디 등단을 염두에 두지 않은 채 쓰라고 얘기하고 싶습니다. 등단을 목표로 시를 쓰다 보면, 시가 쓰는 이에게 흥미를 잃어요. 시가 의무가 되는 순간이 오거든요. 의무로 하는 사랑처럼.

당신은 시인이 되고 싶다는 마음을 품는 게 문제가 되냐고 항의할지 모르겠네요. 매일 쓴다면, 미친 듯이 시를 사랑하고 미친 듯이 쓴다면 당신은 이미 시인입니다. 이미 사람으로 태어난 사람이 사람이 되길 원하는 것처럼 바보 같은 일이지요. 그걸 누가 부정하겠어요? 등단을 안 했다고? 사람들이 인정해주지 않는다고? 서점에 내 시집이 없다고? 아니요. 매일 미친 듯이 시를 쓰는 사람이라면 틀림없는 시인이라고, 당신이 알아야 해요. 당신이 자신을 믿어야 해요. 해오던 대로 시를 쓰세요. 쓰면서, 이왕 쓴 거 '공모전에나 내볼까' 생각이 들면 그때 공모전에 내보세요. 앞뒤가 바뀌면 안 됩니다. 공모전에 내기 위해 시를 쓰면 안 돼요. 열정적으로 춤을 춘 다음 물을 마시는 사람처럼 공모전에 내세요. 필름 사진을 다 찍었으니 인화를 맡기는 사람처럼. 그렇게 내세요. 물 마실 일을 위해 춤을 추고, 인화된 사진을 가질 욕심으로 사진을 찍으면 안 되죠. 키스를 할 때는 키스하는 자기 모습을 의식하지 마세요. 그건 반칙이지요. 키스하는 즐거움을 잃어버려요. 시를 쓸 땐, 시만 쓰세요. 세상에서 가장 순진한 사람처럼.

　미친 듯이 시를 쓰는 밤과 낮이 지속되던 나날, 저는 생각했습니다. 지금부터 한 십 년만 떨어져볼까? 십 년 후에도 공모전에 당선되지 않는다면, 그냥 지금처럼 읽어주는 사람 없이 시를 써야지 별 수 있겠나? 하는 심정이었어요. 그런데 그만 처음 공모전에 낸 해에 덜컥, 등단을 해버렸지요. 미안해요. 운이 좋았거나 정말 시에 미쳐있었던 모양이에요. 당신이 속으로 '쳇, 재수 없네' 하고 생각한다 해도 괜찮습니다. (저도 멋쩍으니까요.) 그런데 이런 말을 당신에게 하는 이유는 비법을 알려드리고 싶어서예요. 시인이 되고 싶다면, 그냥 쓰세요. 매일 '시를 위해서 시를' 쓰세요. 미치는 것과 미치고 싶은 것은 다릅니다. 전혀 다르죠. 미쳐서 사랑하세요. 순진하게 달려드세요. 그게 가장 쉬운 방법이에요. 당신이 시에 '미쳐있다면' 등단을 하지 않기가 더 어려울 거예요. 미쳐있는 사람을 알아보는 거? 심사 위원들에겐 그보다 쉬운 게 없답니다. 물론 심사를 하다 보면 미쳐있는 사람의 시를 만나는 일이 좀처럼 없어서 문제지만요.

　"춤추라, 아무도 바라보고 있지 않는 것처럼!"
　알프레드 디 수자의 이 유명한 시구를 기억하세요.

당신에게 부탁하고 싶은 것은 두 가지입니다. 시를 순진하게 사랑하기. 시 속에서 신실하게 말하기. 사전적 의미를 살펴볼까요?

순진하다: 마음이 꾸밈이 없고 참되다
신실하다: 믿음성이 있고 진실하다

저는 시에 순정과 사랑을 바쳐야 한다고, 촌스럽게 보이는 태도를 강요하는 게 아닙니다. 시가 아니라도 좋습니다. 당신이 좋아서 '무언가'를 할 때는 그게 뭐든 생각하지 말고, 빠져보라고 권유하는 것입니다. 의심 없이 행동해야 해요. '순진'과 '신실'은 바보들의 무기입니다. 바보들, 왼쪽에 서있는 자. 왼손이 전부인 자. 앞과 옳음과 주류를 모르는 자. 이들이 한번 애절해지면, 엄청난 힘이 나온다는 것을 믿으세요. 발터 벤야민은 『일방통행로』에서 "모든 결정적인 펀치는 왼손으로 가격된다"고 했지요. 힘을 빼고 전부를 '툭' 올려두세요.

유명한 사람, 이미 충분히 드러난 사람은 (계속) 빛나기 어렵습니다. 이미 빛나는데 더 이상 어떻게 빛날 수 있겠어요? 그러나 당신처럼 숨어있는 자, 엎드려서 간절하게 자신을 갈고닦는 자는 그 간절함 때문에 빛이 납니다. 기다리는 자의 응축된 에너지, 거기에서 빛이 뻗어 나오기 때문이지요. 왜냐고요? 그 힘이 없다면 그는 드러나는 데 실패할 테니까요. 그들은 '빛'나야 나올 수 있기 때문에 빛을 스스로 만들어요. 제가 그랬어요. 당신의 빛을 믿으세요. 순진하게 믿으셔야 합니다. 당신을 의심하지 마세요. 오직 세상을 의심하세요. 시에서 빗나가있는 시간들을 의심하세요.

열변을 토했더니 좀 힘드네요. 제가 이토록 길게, 열을 내는 이유는 숨어서 매일 시를 쓰는 당신의 간절함을, 이 세상의 무엇보다 아끼기 때문입니다. 매일 미친 듯이 쓰는 사람, 당신이 저보다 훨씬 시에 가까이 있어요.

당신.
한 번은 순진해져야 해요. 백치처럼 순진해져야 해요.
기댈 데가 시밖에 없는 사람처럼요.

4부

질문이 담긴 과일 바구니

― 쓰는 사람, 당신은 질문하는 사람입니다

절제에 대하여

Q. 키위

아픈 걸 '아프다'고 말하고 싶은데 그걸 시로 표현하려면 숨기고 절제해야 한다는 생각이 들어요. 위악적인 시를 경계하는 방법이 있을지, 위악적인 시는 시가 안 되는 건지 고민합니다.

A.

키위 님. 당신의 습작 시를 기억합니다. 당신의 시는 가지런하고 이야기가 풍부하고 세련되어 보였지요. 시를 합평할 때 사람들이 건넨 의견들 기억하나요? 뭔가 근사한 표현인 것 같은데 잘 모르겠다, 모호하다는 얘기가 많았지요.

앞에서 제가 '세련'이란 단어를 썼는데요. '세련'은 "서투르거나 어색한 데 없이 능숙하게 잘 다듬어져있다"는 뜻을 가진 단어입니다. 세련의 세洗자는 '씻다'라는 의미를 품고 있어요. '세수'할 때 사용하는 글자洗이기도 하지요.

시에서 '세련'은 보기에 따라 좋을 수도, 그렇지 않을 수도 있습니다. 능숙하게 잘 다듬어진 언어라면 좋겠지만 언어에 능숙하지 않은 창작자도 세련을 추구할 때가 있거든요. 그럴 땐 문제가 생길 수 있습니다. 세련됨과 세련됨을 추구하는 것은 얼핏 봐서 구분이 잘 안 되지요. 어수룩한 부분을 보이지 않으려고 커튼을 치거나 회색분자처럼 먼발치에서 중얼거린다 해도 얼마든지 '세련된 것'으로 보일 수 있어요. 이때 세련은 키위 님의 말처럼 '위악'을 입은 세련이 된다고 생각합니다.

키위 님, 우리가 시를 쓸 때 간혹 위악적이 된다면 이유가 뭘까요? 아니, 시가 아니라도 좋습니다. 우리 주변에서 위악적인 태도를 취하는 사람을 종종 볼 수 있을 거예요. 때로 위선보다 위악이 사람을 더 피로하게 만들지요. 위선처럼 위악도 일종의 방어기제겠지요. 누군가 내 약점과 비루함, 슬픔과 불안정을 보기 전에 미리 센 척을 해야 한다고 믿을 때 나오는 행동. 아무도 공격하지 않는데 혼자 뛰어오르는 골키퍼처럼 처연하게 느껴질지 몰라요. 위악의 껍질을 벗겨 보면, 그 안에는 두려움이 웅크리고 있을 거예요. 물론 키위 님이 위악적인 사람이란 말은 아닙니다. 시속에 깃들 수 있는 위악에 대한 이야기죠. 누구나 시 속에서 위악을 부리게 될 때가 있잖아요.

키위 님. 모든 창작자에게는 두려움이 있습니다. 두려움을 몸에 두른 채 한 글자 한 글자 써 내려가는 거죠. 저 또한 자주 두렵습니다. 글을 완성하지 못할까 봐, 미흡한 글이 될까 봐, 독자를 실망시킬까 봐, 열정이 사그라질까 봐, 한심해질까 봐 두렵습니다. 시를 쓸 땐 더 두렵지요. 못쓰는 것은 둘째고 시 속에서 자꾸 거짓말할까 봐, 키위 님 말대로 위악이나 위선을 사용할까 봐 두려워요. 이 문제에서 완전히 벗어날 수 있는 창작자는 흔치 않을 거예요.

방법이 아주 없진 않습니다. (시에서) 약점을 숨겨야 하므로 절제해야 할 것 같다는 생각이 들 때 사용할 수 있는 방법이 있어요. 우선 '쓰레기'라고 불러도 무방한 것들을 종이 위에 잔뜩 부려놓는 거예요. 많이 쓰세요. 검열하지 말고 충분한 양을 자유로이 써보세요. 혼자만 볼 건데 뭐 어때요? 넘쳐본 적 없이 절제하려고만 들면 중요한 걸 시에 넣을 수 없습니다. 어떤 에너지도 전달하기 어려워요. 자기 안에 흘러넘치는 언어를 풀어놓고, 그다음 '절제'라는 저울을 들고 오세요. 그때 덜어내도 늦지 않아요. 저울 위에서 균형을 잡는 말들, 꼭 필요한 말들, 진짜만 남기고 몽땅 버리세요. 어쩌면 키위 님에게 필요한 건 절제가 아니라 숙련된 테크닉일지도 몰라요. 고수는 '절제'라는 코어 근육이 풀리지 않는 사람이지요. 중심을 잡고 솟아오르려면 군더더기가 없어야 하니까요. 혹시 이때의 테크닉이 뭐냐, 어떤 기술이 있느냐고 궁금해할 수 있겠지만 글쎄요. 시의 테크닉은 영혼과 눈, 자세의 영역이기도 해 단언해 말할거나 가르칠 수 없습니다. 감정을 가르칠 수 없는 것처럼요. 독서와 안목, 센스, 언어 감각 등이 테크닉을 발달하게 할 수 있겠지요.

시인마다 다른 테크닉을 구사할 테고, 정답도 오답도 없습니다. 키위 님이 언어의 절제미와 함축을 중요시한다면, 그로써 아름다움을 추구하는 자라면, 김종삼과 박용래 시집 읽기를 추천하고 싶군요.

중요한 것, 소중한 알맹이를 당신의 미숙함이나 두려움 때문에 버리지 마세요. '좀 거친데, 뭔가 있어!'라는 말을 듣는 게 '뭔가 있는 것처럼 보이는데 모르겠어'라는 말을 듣는 것보다 좋지 않겠어요? 당신의 안목을 믿고 연습하셔야 합니다. 당신의 눈이 가장 좋은 저울이 되도록 수련하여 좋은 시를 쓰시길 바랄게요.

시와 눈물

Q. 자두

선생님도 울면서 쓴 시가 있나요? 제 감정이 듬뿍 들어 간 시라서 애정은 가는데, 그래서 그런지 퇴고가 어렵더라고요. 어디서부터 손을 대야 할지 모르겠어요. 너무 많이 고치면 시를 관통하고 있는 중요한 정서를 도려내는 것 같고, 손을 덜 대자니 너무 사적인 결과물 같고! 이럴 땐 어떻게 해야 할까요?

A.

자두 님. 저는 좋은 건 죄다 물기를 머금고 온다고 생각해요. 말랑하고 유연한 것, 예기치 않게 도착하는 것, 사월의 버드나무 새싹과 막 태어난 시가 그렇듯이요. 봄이 데려오는 것들은 대부분 촉촉합니다. 꽃, 바람, 비, 싱숭생숭한 마음까지요. 그렇지 않은가요?

한 사람에게 시가 차오를 때를 생각해보세요. 제 경우엔 몸속 액체들이 일제히 발꿈치를 드는 기분이 들어요. 무언가를 준비하려는 듯이, 껴안아 맞이하려는 듯이 제 속의 물기가 모두 일어서는 느낌! 그것은 창 밖에서 일어나는 일을 자세히 보려는 고양이의 몸짓과 닮았을지 모르겠네요. 여름 한낮 덩굴식물이 자라기 위해 제 존재를 밀고 일어서는 기운과 비슷할지도 모르죠. 한 사람에게 시가 온다는 건 몸 속 액체가 넘쳐날 것 같은 감각 속에서 소중한 걸 감지하고 받아내(려)는 일에 가깝지 않을까요?

쓸 때 울음이 온다면, 혹은 울다가 무언가를 쓰고 싶어졌다면 일단 기뻐하세요. 종이 위에서 기뻐하세요. 감정의 넘침을 받아내고, 또 받아내고, 흠뻑 젖으라고 쏟아내세요. (이때 쏟아내는 '에너지'가 중요합니다.) 그다음 몇 날, 필요하다면 몇 달, 그보다 더 많은 시간이라도 괜찮으니 잊어버리고 덮어놓으세요. (당신이 날마다, 미친 듯이 시 쓰기에 몰입해 있는 사람이라면 대체로 일주일 전에 열어보게 되겠지만, 기간은 필요에 따라 조정하세요.) 그다음 자두 님이 물기에서 완전히 벗어났을 때, 중립에 위치한 창작자의 눈을 찾게 됐을 때, 뜨겁고 축축하고 유연하고 날것인 텍스트를 펼쳐보세요. 당신이 좋은 창작자라면 그 시를 어떤 모양으로 고쳐야 할지, 고치고 싶은지 스스로 알 거예요. 이제 핀셋으로 걷어낼 말들을 걷어내고, 세워야 할 말에겐 힘을 부여해 '다시' 쓰세요. 여러 번, 계속 고쳐야 할 거예요.

　나쁜 건 눈물이 아니라 자기 연민에서 벗어나지 못한 창작자의 한결같은 태도입니다. 울다 쓴 글? 사실 저는 그런 글을 좋아합니다. 그런 초고는 쉽게 오지 않거든요. 작가가 웃으며 쓴 글은 독자들도 읽다 웃고, 작가가 울며 쓴 글은 독자들도 울면서 읽는다는 걸 믿게 되었거든요. 읽는 사람과 쓰는 사람은 연결되어 있어요. 이쪽의 감정과 생각은 저쪽으로, 가느다란 파동을 통해 전달되죠. 그러나 기억하세요. 퇴고할 땐 물기를 싹 닦아내고 '정확한 눈'으로 고치기! 정확함은 고수들이 벗지 않는 안경입니다.

　며칠 전 봄옷으로 사둔 베이지색 점퍼를 처음 꺼내 입고 집을 나서는데 눈물이 쏟아졌어요. 갑자기요. 준비도 이유도 없이 겪은 일입니다. 밖으로 나왔고 새 옷을 입었고 나무들의 바뀐 얼굴을 보았고 4월이야, 생각하다 눈물! 그러고 보니 오래전엔 자주 이랬던 것 같아요. 버스를 타다가, 걸어가다가, 지갑에서 돈을 꺼내다 별안간 눈물을 흘리는 일. 그때 제가 시를 얼마나 맹렬히 썼는데요. 요새는 귀한 일이 되어, 괜히 기뻐합니다. 지금 나는 시 쓰고 싶은 몸과 영혼이 된 거라고 생각하죠.

　떠오르는 생각이라면 어떤 것도 막지 마세요.
　생각은 종이 위에서 하세요.
　감정이 과하다 싶어도 겁내지 마세요.

물기가 그리워지는 시간이 와요. 온다니까요.

당신에게서 태어날 아름다운 시들을 기다릴게요.

시의 형식

Q. 딸기

시의 형식을 정할 때, 말이 길어지는 것이 두려워서 산문시 형식을 취하지 못할 때가 있어요. 선생님은 주로 어떤 상황, 조건에서 산문시 형식을 선택하시나요?

A.

딸기 님의 질문을 받고 잠깐 먼 데를 바라보며 딴청을 좀 피웠습니다. 제가 어떤 경우에 산문시를 쓰나 생각해보았지요. 잘 모르겠더군요. 죄송합니다. 이렇게 말씀드리면 어떨까요.

우연과 기분, 리듬에 맡기세요!

저는 시 쓸 때 형식을 미리 정해놓고 쓰진 않습니다. 제목이 먼저 떠오를 때도 있지만 시를 다 쓴 뒤 마지막에 정할 때도 있어요. 어떤 문장 하나가 떠올라 시작할 때도 있고 단어 하나를 만지작거리다 쓰게 될 때도 있어요. 첫 행이 중간으로 가게 될 때도, 마지막으로 가게 될 때도 있습니다. 행을 모두 이어 붙여놓은 산문시를 마지막 퇴고 때 다 떼어놓은 적도 있고요. 시인은 작곡가이기도 해서 언어가 소리로 들릴 때 언어가 있어야 할 위치를 정해줘야 하지요. 침묵과 여백의 형태를 수정해야 하기도 하고요. 악보를 그리는 사람처럼요.

어떤 음악(보통 클래식이 그렇죠)은 그 자체로 이야기가 들립니다. 가사가 전혀 없는 음악인데도 그렇지요. 선율이 품은 이야기 때문에 눈물이 나기도 하고 추억에 잠기기도 하지요. 그렇지 않나요? 음악은 그 자체로 언어가 됩니다. 마찬가지로 시는 언어로 이루어져있지만 그 속엔 음악이 들어있습니다. 선율이 흐르지요. 시를 읽는 가장 좋은 방법이 낭독인 까닭은 소리를 통해 시 속 음악이 입체적으로 살아나기 때문입니다. 시를 읽거나 쓸 때 음악을 배경으로 깔아놓으면 방해가 되는 것도 이런 연유입니다. 두 곡을 동시에 틀어놓는다고 생각해보세요. 음악과 음악이 부딪치면서 결국 둘 다 피해를 입을 수밖에 없겠지요.

딸기 님이 시를 쓸 때, 언어는 음악처럼 흘러나올 거예요. 그 음악의 장르, 냄새, 분위기는 딸기 님이 결정해야 합니다. 누구도 할 수 없어요. 자연스럽게 언어를 따라가, 언어가 만들어내는 음과 리듬이 시의 형식을 결정하도록 두세요. 이때 연과 행이, 시의 길이와 분위기가, 여백과 춤, 리듬, 제목 등이 결정될 거예요. 중요한 건 언어와 음악이 시의 형식을 정하도록 돕는 거예요. 딸기 님의 역할은 딱 거기까지입니다. 너무 많은 걸 통제하려 하지 마세요. 겁내지 말고 흐르기!

전공자가 아니어도

Q. 귤

저는 문학 고등교육을 받지 않은 자로서 채워지지 않은 허기를 느낍니다. 아무리 노력해도 문학 전공자만큼은 쓸 수 없겠다는 생각, 영영 모르는 게 있을 것 같은 허기, 소외된 기분이 들 때가 있습니다. 전공자가 아니어도 시를 잘 쓸 수 있을까요?

A.

귤, 귤, 귤 님!

정신을 차리시라고 세 번을 불러보았습니다.

요 근래 들어본 질문 중 가장 어리석은 질문이군요. 물론 당신 잘못이 아닙니다. 그렇게 생각할 수 있어요. 시작점에 선 사람은 두렵기 마련이지요. 시작점의 위치가 너무 뒤에 있다는 생각이 들거나 한참 걸은 것 같은데 아직도 시작점에서 맴도는 것 같다면 조바심이 더 생길 테고요.

꿈을 일찌감치 정해놓고 한길만 걸어가는 사람도 있지만 그렇지 않은 사람이 더 많습니다. 하고 싶은 일을 생각만 하다 망설임 끝에 엉뚱한 일을 하며 평생 살아가는 사람도 있지요. 살다가 꿈을 잃기도, 잊기도 할 테고요. 나아감이 전진으로 느껴지지 않을 수도 있어요. 괜찮습니다, 귤 님. 뒤쳐진 것 같은 기분을 당신만 느끼는 게 아니니까요.

문학 이야기를 해보지요. 문학 전문가는 학사, 석사, 박사 학위를 따야만 되는 게 아닙니다. 문학 학위를 가지면 시에 도통하나요? 문예창작과를 나와야 글을 쓸 수 있나요? 제가 예를 들지 않아도 귤 님이 더 잘 알 거예요. 문학을 전공하지 않은 사람 중 훌륭한 글쟁이들이 얼마나 많은지요.

문학은 삶을 다루는 분야이기에 삶을 통찰하는 능력이 필요합니다. 자기 삶에 진지한 태도를 가진 사람이라면 누구나 문학에 뛰어들 수 있지요. 살면서 겪은 많은 찰나들을 집약하고 통찰하며, 그것을 문장으로 빚어내는 일이기에 전공자와 비전공자의 차이는 아주 미세합니다. 대학에서 문학을 전공한 자가 문장을 만드는 기교나 시행착오를 줄여주는 효과를 누릴 수도 있겠지만 크게 중요한 일은 아닙니다. 게다가 이런 기교(라고 할 게 있다면)는 스스로 찾아내고 배워야 하는 게 보통입니다. 작품 합평이나 독서, 습작을 통해 혼자 깨우쳐야 하지요.

얼마나 많은 인간을 보아왔는지가 한
작가가 가진 '서랍'의 수가 되겠지만, '보는'
것은 시각으로 하는 작업이 아니다. 눈 말고
어디로 그 인물을 보았나, 인 것이다. 소설가
미즈카미 쓰토무 씨는 그것을 산의 나무에
빗댔다. 저 작가의 산에는 나무가 세 그루밖에
안 자라있군, 하고 내 귓가에 속삭인 적이
몇 번이나 있다. 세 그루라면 그나마 다행인
축이고, 저 녀석은 한 그루뿐이라고 말할 때도
많았다. *

문학을 전공한 사람이 문학 관련 서랍을 더 빨리, 많이
가진 것처럼 보일지도 모르지요. 그렇지만 그 속에서 누구
도 보지 않은 걸 보아내는 능력, 나무를 심고 키우는 능력
은 어떨까요? 하늘에서 구름만 보는 사람, 숲에서 나무만
보는 사람, 바다에서 물만 보는 사람은 아무리 오래 문학을
공부했다 해도 한계가 있겠지요.

---

* 미야모토 테루, 『생의 실루엣』, 봄날의책

시는 쓰는 사람이 하나의 장르가 되는 분야입니다. 귤님만의 장르를 개척하세요. 시간과 정성을 들이세요. 그게 문학의 열쇠입니다. 중요한 건 삶에 대한 통찰, 당신의 안목, 글의 음색입니다.

지하철 시

Q. 멜론

'지하철 시'에 대해 어떻게 생각하시나요?

A.

멜론 님. 저는 지하철 시를 볼 때마다 마음이 불편합니다. 시를 잘 알지 못하는 사람이 시에 대해 오해할 수 있게 하는 많은 것이 있기 때문이지요. 얕은 감성, 상투성, 가벼운 낭만, 감정의 배설, 예쁨을 표방한 말투……. 다 그런 건 아니지만 유리창에 붙어있는 일부 시들에서 볼 수 있는 것이지요. 대중은 시끄러운 장소에서 전동차를 기다리고 스마트폰을 보다가, 환승구 쪽으로 걸음을 옮기다가 곁눈으로 슬쩍 시를 보겠지요. 보고 오해할 겁니다. 제대로 알지 못할 때 쓰이는 편리한 방식이 오해니까요.

차라리 그 유리창에 우리 토박이말이나 고전에서 뽑은 격언 한두 문장, 시사 상식이나 간단히 배울 수 있는 외국어 몇 마디를 붙여두는 게 낫지 않을까요? 오해하지 마세요. 저는 시를 꼭 고귀한 자리에 두어야 한다고 말하는 게 아닙니다. 시는 스스로 음악을 입고 언어로 설 수 있는 곳, 고요하고 낮고 구석진 자리에서 독자와 내밀하게 만나고 싶어 하는 장르입니다. 몇 번이나 말하지만 좋은 시에는 반드시 '음악'이 들어있기 때문이지요.

전동차 소리와 안내 방송, 온갖 잡음이 떠도는 장소와 시는 어울리지 않습니다. 상극이지요. 생각해보세요. 전동차가 달려오는 순간에 음악을 틀어놓는다면, 그 음악의 아름다움을 오롯이 느낄 수 있을까요? 쓰레기 수거차가 후진할 때 들리는 멜로디에서 고전음악의 묘미를 감상하는 일이 쉬울까요?

예술을 접할 때 중요한 점은 감상자와 작품 간의 진실한 접촉이지, 노출이 아닙니다. 특히 시는 감상자와 작품이 '서로를 응시할 수 있는 분위기'를 시간과 장소로 가지고 싶어 하죠.

좋은 시, 나쁜 시

Q. 수박

세상엔 나쁜 시도 있나요? 시에서 하면 안 되는 게 있는지 궁금합니다.

A.

수박 님. 나쁜 사람이 있듯이, 나쁜 음식, 나쁜 책, 나쁜 마음, 나쁜 행동이 있는 것처럼, 물론 나쁜 시도 있습니다.

좋은 시와 나쁜 시를 나누는 기준은 사람마다 다를 텐데요. 제가 생각하는 나쁜 시는 이렇습니다. 싸구려 감상을 시라고 우기는 시, 낭만과 허세를 언어에 입힌 시, 그럴싸한 포즈만 취한 시, 말을 광대처럼 세운 시, 쓰는 자가 시에 기대 빛나보려고 으스대는 시(좋은 시인이라면 시를 빌려 자기를 빛나게 하려 하지 않고, 오직 빛나는 시 한 편을 쓰고 싶어 할 뿐일 테지요), 무엇을 말하고 싶은지 쓰는 사람도 모른 채 언어를 짜깁기하듯 써놓은 시, 작위로 가득한 시……. 이외에도 나쁜 시의 조건은 많습니다.

좋은 시요? 무슨 말이 필요하겠어요. 읽자마자 수박 님이 더 잘 알 거예요.

저는 시에서 하면 안 되는 것, 쓸 수 없는 말은 없다고 생각합니다. 시에서 하면 안 되는 게 있을 거라는 생각은 불필요한 강박이 될 수 있습니다. 그런 강박이야말로 시 쓸 때 금기가 되겠지요. 어느 글보다 자유로울 수 있는 게 시 쓰기지요. 설명하지 않고 상상하고 도약하고, 이미지에 몸을 싣고 새로운 목소리를 낼 수 있으니까요.

하면 안 되는 건 없지만, 나쁜 시는 존재한다는 것.
그게 시 쓰기의 묘미일지 모르겠네요.

많이 쓴다는 것

Q. 복숭아
시를 많이 쓰는 게 시 쓰기에 도움이 될까요?

A.
복숭아 님! 좋은 질문입니다. 시 쓰기에 도움이 되는 가장 좋은 건 많이 쓰기입니다.

수영 선수는 매일 엄청난 거리를 반복 훈련합니다. 연습을 통해 기량을 늘리고 단점을 보완해나가겠지요. 연습은 수영에 최적화된 몸을 만들어줍니다. 마찬가지로 시를 날마다 쓰는 사람은 시 쓰기에 최적화된 몸을 가질 수 있겠지요. 언어 감각을 키우고 시적인 것을 포착하는 능력을 갖게될 겁니다.

등단을 꿈꾸는 사람들이 읽는 양에 비해 습작 양이 현저히 적은 걸 볼 때가 있는데요. 안타깝습니다. 시를 쓰기 위해 온갖 시집을 섭렵해 읽는 것만큼 중요한 건 반복해서 창작하고 퇴고하는 과정을 통해 자기 언어를 세우는 일입니다. 많이 써봐야 자기 소리를 찾아낼 수 있습니다. 연습을 통해서만 프로페셔널이 될 수 있습니다. 글은 생각이 아닙니다. 생각을 표현해낸 결과물이지요. 문장을 쌓고 지우고 다시 쌓으며 한 편의 시를 완성해낼 때 일어나는 과정은 상당히 복잡한 단계를 거치기 때문에 시인의 색과 결을 결정합니다. 절대적인 연습 시간을 확보하지 않고 좋은 시인이 되기는 어렵습니다.

물론 쓰기 위해서는 남의 글을 읽는 것도 중요하지요. 그건 틀림없습니다. 다만 복숭아 님이 시로 등단을 준비하는 중이라면 시집을 읽는 행위는 '자기 창작을 위한' 독서가 되어야 합니다. 저도 다양한 작가들의 책을 읽고 또 읽었습니다. 그들의 문장을 취하고, 흉내 내고, 뜯어보는 작업으로 바빴지요. A 작가는 이런 게 훌륭하구나, B 작가는 나쁘지 않지만 나와 맞지 않구나, C 작가에게선 이런 걸 배워야겠구나, D 작가는 이런 게 좋아 보이지 않으니 반면교사로 삼아야겠구나……. 탐구는 취향을 만들고 창작에 영향을 끼칩니다. 중요한 건 읽는 일이 '쓰기'를 위한 읽기가 되어야 한다는 점입니다.

그냥 즐겁게 책을 읽어도 좋지만(사실 이런 독서가 가장 재밌지요!) 창작하는 사람은 노래를 듣고 영화나 드라마를

보고 누군가 하는 이야기를 들을 때도 '그냥' 보고 넘기게
되지 않지요. 저절로 머리가 움직이니까요.

많이 읽고도 쓰지 않는 사람은 빛나는 독자가 됩니다.
그것도 근사한 일이지요! 그러나 많이 읽고, 그보다 더 많
이 자기 글을 쓰는 사람은 결국 쓰는 사람이 됩니다. 쓰는
일이 '주主'가 될 때 읽는 사람은 쓰는 사람으로 변모하게
되지요.

어떤 일을 오랜 시간 한 사람, 그 일만을 계속 생각하는
사람은 그 일이 삶이 됩니다. 열렬히 써본 사람, 쓰는 재미
를 알게 된 사람은 결코 '읽는 사람'으로만 머무르려 하지
않을 거예요. 시인이나 작가가 되지 않더라도 그는 '쓰는
사람'으로 살게 될 거예요.

시를 쓰는 삶과 쓰지 않는 삶

Q. 사과

시를 쓰는 사람(삶)은 쓰지 않는 사람(삶)과 무엇이 다를까요?

A.

정오에 마음에 드는 시를 한 편 읽었습니다. 전문이 네 줄인 짧은 시입니다.

> 나비여 하얀 책
> 나비여 가벼운 책
> 수평선을 누비벼 나아가면서
> 언덕 위를 춤추며 날아오른다

『미요시 다쓰지 시선집』 중 「책本」이라는 시입니다. 이 시 앞에서 제 마음은 나풀거리는 경첩이 달린 책 같아지더군요. 두리번거렸어요. 곁에 친구가 있었다면 방금 읽은 시를 소리 내어 읽어주고 싶었지요.

이것 좀 봐! "나비여 하얀 책. 나비여 가벼운 책"이 문장을 좀 봐. 친구의 어깨를 콩콩 두드리며, 놀라운 발견 아니냐고 채근하고 싶었지요. 친구가 "손 치워라" 하고 시큰둥하게 반응한다고 해도 괜찮아요. 그래도 좋지요!

사실 시를 쓰지 않아도 살아가는 데 아무 문제가 없습니다. 발레 공연을 평생 한 번도 관람하지 않아도, 미술관이나 음악당을 찾지 않아도, 책을 한 권도 읽지 않아도 사는 데 큰 문제가 생기는 건 아니니까요. 식물을 길러보지 않아도 취미 생활이나 운동을 하지 않아도 살 수 있는 것처럼요.

시를 읽고 쓰는 일은 세상에서 놀라운 것을 발견하기 위해 하는 일입니다. 놀라운 슬픔, 놀라운 걱정, 놀라운 풍경, 놀라운 사랑……. 그러니까 나비에게서 책을 보는 일 말입니다. 시가 아니어도 우리는 여러 방식으로 감각하고 행복을 느낄 수 있겠지요. 다만 누군가는 자기가 감각한 것, 느낀 것, 본 것을 언어로 표현해보고 싶어 하지요. 존재하는 것 중에 이름 불림을 받지 않은 것(하얀 책, 가벼운 책)을 발견하여 사람들에게 보여주고 싶어 합니다.

시를 쓰는 기분은 수학자가 알려지지 않은 공식을 처음 발견했을 때의 설렘과 비슷합니다. 천문학자가 새로운 별을 발견하고 그 별에 이름을 붙여주는 일과 비슷합니다.

꼭 시를 쓰는 일만 대단하다고, 그것만이 삶을 다르게 한다고 말하고 싶진 않습니다. 새로운 걸 발견하는 사람들, 춤추는 사람들, 달리는 사람들, 우는 사람들, 웃는 사람들, 사랑을 고백하는 사람들, 이별하는 사람들, 삶과 죽음을 겪어내는 사람들의 '고양된 순간'엔 언제나 시가 들어있다고 생각해요. 모두 다른 방식으로 시를 살아본 적 있는 거지요. 그걸 언어로 기록한 결과물을 '시'라 부르지만, 시는 도처에 있지 않은가요?

저는 아이들을 보고 있는 걸 좋아합니다. 아이들을 지켜보는 일은 지루하지가 않아요. 어린이들은 어떤 카테고리나 분류에 속하길 거부합니다. 그들은 그저 하나하나의 세계입니다. 놀라운 세계, 새로운 세계지요. 본인들이 그토록 새로운 존재면서, 그들은 세상을 전혀 새로운 눈으로 바라보지요. 시를 쓰는 삶은 고착된 세계를 거부하며, 세상에 새 별명을 지어주는 일입니다. 아이들처럼요.

니체는 달을 보고 "별들의 카펫 위를 걸어가는 고양이"라고 했어요. 그러니까 시를 쓰는 삶은 이런 거예요. 달을 (단순히) 달이라고 부르지 않는 것. 슬픔을 (단순히) 슬픔이라고 부르지 않는 것.

시를 쓴다면 사과 님은 매일 새로운 세계에서 처음 떠오르는 별을 발굴하며 사는 기분을 느낄 수 있을 거예요. 재미있는 일이랍니다. 비록 대가는 아무것도 돌아오지 않지만요. 시를 쓰는 일은 기분이 전부인 일, 기분이 다인 일입니다.

모과나무

든든한 여자들
— 우리의 영혼은 모과 한 알의 무게만큼 더 나간다

김해서

한 달에 한 번 네 명의 여자들이 만난다. 모임의 이름은 '모과'다. 당신이 생각하는 그 과일이 맞다. 왜 살구나 한라봉이 아니냐고 물을 수도 있겠지만, 아무리 생각해도 시 창작 모임의 이름으로 '모과'보다 더 적절한 게 있을까 싶다. 박연준 시인의 아이디어다. (그녀는 모과 모임의 리더다.) 과일로 봤을 땐 모두가 즐길 만한 맛이 아니라서 미흡하긴 해도, 어쩐지 보기에 기분 좋은 것. 테이블이나 선반 위에 툭 얹어 두기만 해도 아름답고 자꾸만 은은한 향기로 존재감을 드러내는 것. 그게 시와 닮지 않았느냐는 것이다. 절로 끄덕여진다. 무용하고 부질없지만, 가만히 들여다보면 마음에 동요를 일으킨다는 속성이 비슷하다.

모과의 일원들은 한 달에 한두 편의 시를 써서 모인다. 그리고 각자의 작품을 낭독하고 합평하는 시간을 갖는다.

자기 작품이 얼마나 마음에 드는지, 퇴고를 얼마나 오래 했는지는 중요하지 않다. 작품이 주인의 손을 떠나 테이블 위로 공개된 이후엔 아무런 변명을 할 수 없다. 당연하지 않은가. "저, 사실 이런 스타일의 노래를 좋아하긴 하는데, 처음 불러보는 거라 걱정돼요", "엄청나게 연습하긴 했는데, 아마 어떤 부분에선 음정이 조금 불안할 수도 있을 거예요." 어느 가수가 무대에 올라 노래를 부르기 전에 지레 겁을 내고 이런 말을 한다고 생각해보라. 상상만 해도 아찔하다. 안타까운 만큼, 기대나 격려를 하고 싶은 마음도 식기마련이다. 시도 마찬가지. 시인의 손을 떠나면 시는 오로지독자의 것이다. 독자는 그것의 향을 음미했다가 팔짱을 긴채 조용히 모양을 감상한다. 그때 시인은 한 마디도 덧붙이지 않고, 그들을 방해하지 않고, 겸허해져야 한다.

나는 시를 잘 쓰고 싶은 사람이다. 당연히 좋은 평가를받고 싶다. 죽기 살기로 덤비며 시를 썼던 때도 있었고, 계속되는 등단 실패에 제풀에 지치고 상처받아 절필했던 시기도 있다. 그랬던 사람이 이 모임을 과연 얼마나 즐기면서할 수 있을까 싶겠지만, 심지어 애정하는 시인이 지켜보는가운데 진행되는 합평이라 결코 가벼이 여길 수 있는 시간도 아니지만 글쎄, 나는 요즘 즐겁다. 말 그대로 우리 모과의 시간은 '모과를 주고받는 시간'이기 때문이다.

"네 시는 신맛이 참 좋다."

"이 시는 평범한 것 같으면서도 향이 정말 그윽하네. 자꾸 생각나."

"조금 더 익었을 때 땄다면 색이 더 좋았을 텐데."

"더 강렬한 향이 났으면 좋겠어."

"계속 쓰다듬고 싶은 모양의 시다!"

주거니 받거니 자랑하고 구경하고 수다를 떤다. 누군가 내 모과에게 아쉬움을 내비친다고 해서 속상하거나 실망하지 않는다. 조금 머쓱할 순 있겠지만, 나무가 죽어버리지 않는 이상 열매는 늘 새롭게 열릴 테니까. 다음에 또 새로운 열매를 보여주면 되는 거니까.

모과의 자양분이 될 나만의 은유 사전이 채워지고 있는 요즘. 나는 자주 골똘해진다. 허공이나 손바닥에 검지로 어떤 단어들을 휘적휘적 써보다가 메모장에 옮긴다. 샤워를 하다가도 밥을 먹다가도 친구와 얘기를 하다가도 문득 아끼는 식물에 물을 주는 것을 잊는 사람처럼 마음이 헐레벌떡 모과나무 앞으로 달려나간다. 시로 자라든 시로 자라지 못하든, 계속해서 피고 지는 단어들이란 이런 것이다.

발톱 : 죽은 시간이 퇴적된 흰 삼각지

욕조 : 집으로 들인 연못

의자 : 흩어지지 못하는 기도

오로라 : 밤의 피루엣

시계추 : 종말의 입꼬리가 된 바이킹

피아노 건반 : 무너지며 춤추는 계단

단풍 : 이마가 찢긴 나무들의 피

이슬비 : 상해서 부서지는 구름의 머리카락

겨울 태양 : 매일 전복되는 흰 보트

잘린 자몽의 단면 : 쥐어 터진 심장

흔들리는 커튼 : 쓰다듬어지길 바라는 짐승의 옆구리

연필 : 종이 위로 선 나홀로 나무

빈 옷걸이 : 빛의 쇄골

화장대 : 눈 속의 거울을 확인하는 암실

유성 : 저녁의 한쪽 귀에서 떨어진 귀걸이

침묵 : 마침표가 없는 점자 책

영원 : 조리개가 닫히지 않는 카메라

두려움 : 내가 자고 일어날 때마다 키가 커지는 식물

권태 : 깎은 손톱 받침대가 된 시집

전깃줄 : 거인의 속눈썹

이런 시간이 필요했던 것 같다. 자꾸 새롭게 태어나는 시간. 그 생경한 감각을 말로 빚어 꺼내보는 시간. 내 안의 어딘가가 회복되고 새롭게 자라날 때마다 좋은 사람들에게 나타내 보이는 시간. 합평이 끝나고 모든 달고 쓴소리를 들은 이후에 얼마나 마음이 든든한지 모른다. 더 열심히 쓰고 싶고, 다른 사람들의 다음 글도 어서 읽어보고 싶어서 침이 고일 지경이다. (하지만 나는 그 감정을 열렬히 표현하지 못하는 애송이. 이 글은 그때 표현하지 못한 나의 뒤늦은 헌사다.)

이 모든 게 시의 힘이라는 것도 기쁘다. 다른 무엇 때문도 아닌 뭔가를 쓰고 싶어서 침이 고이고 열심히 살고 싶고 자신에게 정직해지려는 게. 그리고 이 기쁨의 중량이 어느 정도인지 잘 아는 사람들이 모였다는 사실이 소중하다. 모두 특별한 여자들이다. 한 사람은 시인이고 소설에 도전하고 있다. 한 사람은 엄마이고 글쓰기 교습소를 열었다. 또한 사람은 옷을 만들어 쇼룸을 운영한다. 우리 모두는 시를 사랑한다.

박연준 시인이 시만큼 사랑하는 것이 있다면 발레다. 현실에선 절대 쓰지 않을 것 같은 몸짓들을 무대에 올리는 것이 매력적이란다. 시인이 시를 쓰는 이유도 다르지 않다. 현실에 어울리지 않는 언어들이 종이 위에서만큼은 마구 피어날 수 있다. 아무도 꺾지 않는다. "늘 그 성질에 이끌리

는 거 보면 사람은 안 변하는 구석이 있는 거 같다"고 소녀
처럼 웃는 우리의 리더. 나는 벅차올랐다. 안 변하는 게 있
구나. 좋아하는 것을 계속 좋아할 수 있는 자유가 있구나.
그 엉뚱하고 무용한 자유로움을 소작하는 네 명의 여자들.
든든한 여자들이 여기 있다.

　　우리의 영혼은 모과 한 알의 무게만큼 더 나간다. 지구
어딘가에서 모과가 열리고 있다는 사실 하나만으로도, 시
를 쓰고 춤출 수 있다.

모호한 사람을 위한 자리

김지혜

스물에 시를 배웠다. 시는 나 같은 사람이 쓰는 것이 아니라 배웠다. 나는 착한 편이라서 어기는 법이 없으므로 그 뒤로 시를 쓰지 못했다. 별문제 아니었다. 시 없이 잘만 살았다. 시 대신 술을 마시고 큰 소리로 비밀을 말했다. 사랑을 하고 소리 내어 웃었다. 참고 문헌을 찾거나 틀린 글자를 고쳤다. 몰래 울었고 들키고 싶어 문을 닫지 않았다. 온순하고 씩씩했으며 때때로 유머러스했다. 시는, 시는 가끔 보였으나 내 시가 아닌 줄 알았다.

하지만 선생님은 틀렸다. 시 없이는 안 되는 순간이 오고야 만다, 모두에게.

구역질이 길었다. 입덧은 유난했고 아기를 가진 마음은 오직 기쁨일 수 없으니 매일 토했다. 약간의 기쁨과 충분한 슬픔은 슬픔이다. 구역질 끝에 어린 눈물 사이로 시를 보았다. 얼굴은 없었고 표정은 있었다. 얼굴은 공간을 차지하지만 표정은 찰나를 가진다. 시는 표정을 놓치지 않고, 짓는다.

진부하지만 진실인, 슬픔이라는 단어를 가져다 썼으니 조금 더 솔직해져볼까. 나에게 이타적 삶이란 슬픔이다. 그렇다고 이기적 삶에 기뻐하지도 못한다. 아기가 원할 때마다 젖을 내주고 품을 내주고 마음을 내주는 엄마의 일이 견딜 수 없었지만, 엄마의 일을 아주 외면하기도 어려웠다. 누구나 자리가 있으나, 모호한 사람을 위한 자리는 마련되지 않는다. 엄마와 안 엄마 사이에서 앉지도 서지도 못하고 있을 때, 그때의 기분은 퉁퉁 불어 터진 젖과 비슷하다.

아기가 제대로 젖을 빨지 못해 퉁퉁 불어 터진 젖. 딱딱해져 쑤시고 발갛게 화끈거리는 젖. 입고 있는 티셔츠에 새겨진 글자 NEW YORK을 지저분하게 적시는 젖. 문장으로 써도 입으로 소리 내어도 추한 단어들의 연속. 빨지, 못해, 퉁퉁, 불어, 터진, 딱딱, 화끈, 지저분한 젖이 너무 싫었다. 위로와 환희는 문장에서 찾는 오랜 습관이 있었는데, 아무리 찾아도 나를 도와줄 수 있는 문장이 없었다. 온통 "엄마는 아기에게 젖을 먹이며 산후 우울감을 해소하고 친밀한 관계를 형성하여 행복을 느낀다."

젖을 먹일 때마다 솟구치는 나의 감정은 갈 데가 없어 비밀이 되었다.

비밀은 비슷함으로 포장해야 들키지 않는다. 양배추 크림을 바르면 젖이 조금씩 줄어든다고 해서 양배추 크림을 샀다. 젖 양이 점점 줄어들어 그렇게 된 것처럼 나도 남도 이해시키고 싶어서, 어쩔 수 없이 젖을 거둠을 연기하려고, 엄마는 아닌 것 같지만 안 엄마는 되기 싫어서.

한낮의 집은 아주 고요하고 조금 외로웠다. 아기는 아직 시력이 발달하지 않아서 나를 보지 못하지만, 문 뒤에 숨어 옷을 올렸다. 터지고 늘어진 아랫배와 젖이 흐르는 가슴 두 쪽을 가지고 겨드랑이에 양배추 크림을 골고루 펴 바르던 풍경. 큰일이 일어날 것 같았지만 아무런 일도 일어나지 않았다. 다만, 비슷함으로 포장한 비밀이 부풀어 올랐고 밤마다 꺼내달라 울었다. 그때 시가, 시가 슬그머니 나타났다. 아직 마르지 않은 젖을 억지로 먹이던 어느 밤에 누군가 라디오에서 시를 낭독했고, 나는 그 시를 녹음해서 밤마다 들었다. 자리가 없어 서성거리다 점점 희미해지기 시작한 나의 표정을 시가 붙들어 놓았다. 양배추 크림을 바르던 나의 슬픔은 이런 것이었다.

　　시간이 매일 그의 얼굴을 조금씩 구겨놓고
　　지나간다 이렇게 매일 구겨지다보면 언젠가는
　　죽음의 밑을 잘 닦을 수 있겠지 크리넥스
　　티슈처럼, 기막히게 부드러워져서*

나에게 시는 단어의 조합으로 이루어진 문장의 연속이 아니다. 시는 무한한 페이지로 만든 유일한 사전이며 한 편의 시는 단 하나의 단어다. 사람과 안 사람 사이 여자와 안 여자 사이 엄마와 안 엄마 사이, 사이와 사이에 수많은 모호함을 말하는 단어. 파랑을 쪼개면, 연한 파랑―더 연한 파랑―더 연한 파랑보다 더 연한 파랑―한없이 파란색을 찾을 수 있는 것처럼 거대한 감정의 스펙트럼 중 나의 슬픔 단한 지점을 이해하는 아주 기다란 단어. 한 사람과 한 사람의 감정을 잊지 않고 기록한 예민하고 다정한 사전이 시다.

오래전에 젖은 말랐다. 아기는 엄마가 몰래 말린 젖 대신 분유를 먹고서 열 살이 되었다. 젖은 말랐으나 여전히 갈 데가 없어 서성거리고 비밀이 쌓이고 부푼다. 약간의 기쁨과 충분한 슬픔은 슬픔이고, 시는 슬그머니 나타나 나의 표정을 짓는다. 그럼 나는 잠시 분명해지고.

이 순간을 눈치챈 시인이 있었다. 그때 나는 모과의 노랑 같았을까. 군데군데 짙은 그림자가 긴 모과의 얼룩덜룩한 노랑 역시 노랑과 안 노랑 사이겠지만 분명한 색깔일 테지. 시인은 시처럼 다가와 시를 쓰자고 했다. 망설임도 고

---

* 심보선, 「한때 황금 전봇대의 生을 질투하였다」, 『슬픔이 없는 십오 초』, 문학과지성사

민도 없이 쓴다. 모호한 나를 위한 자리를 만들어 내려고
쓴다. 또 다른 모호한 사람에게 잠시 자리를 빌려줄 수 있
어서 쓴다. 네 개의 모과가 서로의 노랑을 바라보는 일을
반복하며, 우리가 쓴 시는 세상에 하나밖에 없는 단어이기
에 고칠 수는 있어도 삭제할 수는 없다고 믿는다.

그러니까, 선생님이 틀렸다. 시는 나 같은 사람이 쓰는 거
다. 약간의 기쁨과 충분한 슬픔 사이에서 휘청거리는 사람,
자리를 찾지 못해 서서 가는 사람, 평범해서 눈에 띄지 않고
모호해서 희미한 사람, 하지만 사라져 버리지 않는다. 그 누
구의 것도 아닌 나의 표정을 짓고 자리를 마련하는 사람.

어느 날 모과의 세 명은 '울부짖음'에 대해 썼다. 이 세계
는 이미 울부짖음의 뜻을 결정해놓았지만, 우리는 각자의
방식으로 울부짖는다. 이렇게 울부짖는 단 한 사람이 있다.

나는 유머러스하므로
울기 전에 우는 방법에 대한 고민이
필요하다

지금은 휘파람을 불기로

정오에 가까운 시간

다리 하나 겨우 남긴 열한 시가 서러워

휘파람을 불며 웃었다

갓 태어난 기린 새끼의 다리처럼
어쩔 줄 모르고 어쩔 수 없이
열한 시의 분침은 열두 시의 차지가 될
것이다
열두 시가 입을 벌리고
열한 시가
나의 열한 시가

똑딱

시간은 시간을 잘 지켜 죽는다

그 옆에서 휘파람을 불다가
불다가 웃다가 이름이 들리면
1인용의 몸으로 1인용 침대에 눕는다

방금 열두 시가 사라졌다
내 몸을 닮은 웅덩이가 고였다

비교적 솔직한 편인데, 시를 쓴다는 말은 삼키고 숨겼다. 나는 부끄럽고 시는 애달팠다. 하지만 슬픔은 스물에도 마흔에도 예순에도 찾아오는 법이다. 그럴 때 나를 달래는 이가 시이고 시일 것임을 안다. 나의 표정을 짓는 나의 단어.

자, 나는 시를 쓴다. 쓰지 못할 이유가 없다.

모과

유채빈

작년 초봄부터 시작된 모임이 하나 있다. 시를 계속 쓰고 싶은 사람들이 모인 일종의 창작 모임인데, 우리를 하나둘 모은 시인이 그 이름을 모과라 지었다. 모과는, 꼭 필요한 존재는 아니지만 있음으로 좋음을 나누어 준다는 점에서 시와 비슷하다. 울고 있는 얼굴처럼 어딘가 허물어지고 찌그러진 그 과일을 요즘 자주 접할 수 없지만, 친근한 마음만은 함께 있다. 게다가 노랑은 초록 다음으로 내가 가장 좋아하는 색이기 때문에.

한 달간 쓰고 다듬은 시를 가지고 만나 작은 소리로 대화를 나누는데, 흐르는 음악 속 같을 때가 있다. 무수한 음표가 되어 발산하는 우리. 시를 읽어줄 때, 읽어주는 시를 가만 듣고 있을 때 시간이 멈춘 것 같기도 하다. 나는 시 안에 무엇이 들어있나 살피기보다 시가 나에게 어떻게 들어오는지를 더 알고 싶은 사람인데, 어두운 시도 아픈 시도 모두 내 안에 들어오면 일순간 밝아진다. 괴로워하는 내게 시인은, 네 안에 등불이 있어, 얘기를 해준 적 있는데 그 말이 사실이라면 시는 타오르는 불의 연료가 되는 셈이다. 다른 어떤 것도, 사람도, 사랑도 내게 그렇게 해주지 못한다. 순간도 기쁨도 내게 늘 밝음일 수는 없다.

하루는 사랑하는 이가 나에게, 쓴다는 것이 어떤 기분인지 물어보았다. 나는 대답을 이미 가지고 있었던 사람처럼 금방 대답했다. "읽을 땐 내리는 비를 보고 있는 것 같고요, 쓸 땐 내리는 비를 다 맞고 있는 것 같아요." 비가 내리기만 한다면, 그것을 맞는 일은 쉽다. 비에 젖어드는 일은 자유롭고, 그 속에서는 애를 쓸 필요가 없다. 요즘엔 빗속에 나가 오래 앉아있으려 노력하는데, 여러 가지 삶의 이유로 그리할 수 없을 때면 마른 모래의 풀포기가 되어 시들해진다. 모과 모임은 그런 나를 부축하여 종이 앞으로 잘도 데려다 놓는다. 우리는 모두 모과의 마음을 가지게 된 걸까.

얼마 전에는 재미있는 과제를 받았는데, '울부짖음'이라는 같은 주제를 가지고 쓴 서로 다른 시 구절을 합치고 재배열하고 변형하여 새로운 시를 탄생시키는 임무였다. 누군가에게 울부짖음은 커다랗고 시끄러운 것일 수도 있지만, 내게는 아니다. 울부짖음의 생김새는 이런 것이다.

봄이 발밑에서 녹아가요

나는 안으로만 자라는 눈물

발등에는 이끼가 피고
자꾸 미끄러지는 데에는 이유가 있어요

목소리를 잃었어요
뛰어야 하죠
당신을 부르기 위해선

기다린다고 말하는 대신
기다려요

도망치는 꿈을 꾸었어요

계절의 습함은
나의 습함이 아니에요

더위는 시끄럽게 울어요
그리고
당신에게 말해요

뒤를 돌아봐요
들리지 않아도

보이지 않는 것과 잘 보이는 것, 쉬이 볼 수 없는 것과
어디에나 있는 것을 시 안에 잘 담고 싶다. 들리지 않는 것
과 잘 들리는 것까지도. 분명하고 평이하게, 아주 정확하
게, 무엇보다 리듬을 타며. 시는 내가 추는 춤이라 말하는
시인을 따라.

작년에 쓴 시들을 추리며 여러 죽음들을 다시 보게 되었
다. 나의 시 안에서는 많은 것들이 진다. 사람도 지고, 해도
지고, 풀도 나무도 이슬도 계절도 손금도 다 진다. 그동안
내 안의 많은 것들이 지고 있었기 때문에. 발등에 피어나던
이끼처럼, 이제는 피고 피우는 것들에 대해서 써보고 싶다.
어림 사이에 서있고 싶다. 어떤 다짐들에게도 귀 기울이고
싶다. 시 바깥에서, 시 안에서 모두 환함에게 기대고 싶다.

시인과의 대화

with 임솔아

시인과의 대화 *

with 임솔아

임 처음으로 시를 쓰게 된 순간이 궁금해요. 혹시 기억하고
계실까요? 그 첫 시의 내용은 무엇이었을까요?

> **박** 스스로 자의식을 갖고 시를 쓴 것은 열다섯이
> 되던 새해 무렵, 어느 밤이었어요. 제목은
> 〈열다섯〉이었어요. 혼자 방에 앉아있는데
> 뭔가 안에서 밖으로 치밀어 올라, 나가고 싶어
> 했어요. 쓰고 싶은, 분명한 욕구였지요. 연필과
> 노트를 꺼내 써 내려갔고, 다듬었으며(퇴고
> 과정이었겠죠), 완성됐다고 생각한 후 양장 노트에
> 새로 베껴놓았어요. 고3이 될 때까지, 그 노트에다
> 차곡차곡 시를 써놓았어요. 혼자만의 시집이었던
> 셈이지요. 지금도 그 공책을 가지고 있지만

---

* 『시로 여는 세상』(2017년 가을호)에 실린 대담 전문

읽어보면 유치해요.

임 첫 시집 『속눈썹이 지르는 비명』을 읽고서, 저는 이런
생각이 들었어요. 박연준 시인께서도 곤란한 질문을 많이
받지 않았을까. 시를 쓰면서, "이거 본인의 이야기냐"라는
질문을 저는 꽤나 받았어요. 자전적 이야기를 바탕으로 쓴
소설에 대해서는, 장면을 세세하게 언급하면서 저 질문을
받은 적도 있었고요. 첫 시집에 수록된 시들이 본인의
이야기냐 아니냐를 묻고 싶은 것은 아니고요. 이 '질문
자체'에 대한 이야기를 함께 나누어보았으면 좋겠다는
생각이 들었어요. 남성 작가들도 이런 질문을 받을까?
혹은, 이런 질문을 받았을 때 남성 작가들도 나와 비슷하게
곤란한 기분이 들까? 생각해보면, 잘 모르겠더라고요.

> **박** 저는 "이거 본인의 이야기냐"고 물어보지도
> 않고, 으레 본인 이야기라고 생각하더라고요. 등단
> 시를 포함해 첫 시집을 읽은 후 반응이 다양했는데,
> 생각해보면 다양한 게 아니라 획일적이었는지도
> 모르겠어요. 왜 시를 야하게 쓰느냐, 불온하다,
> 도발적이다, '사련邪戀'의 느낌이 난다, 강하다,
> 자극적이다, 감각적이다, 아버지를 이렇게
> 미워해서 쓰겠냐⋯⋯. 시적 화자를 당연히 저라고
> 가정하고 읽은 거지요. 그러고 보니 이런 반응을

보인 사람들은 대부분 남성 시인이거나 남성 평론가네요. 물론 애정을 갖고 좋게 읽어준 분도 있지만, 그보다는 크게 반응을 보이지 않은 사람이 대부분이었고요(웃음).

일 첫 시집부터 최근 세 번째 시집 『베누스 푸디카』에 이르기까지, 시 속 화자의 성별이 분명해 보여요. 남성 화자를 전면으로 사용하는 사람도 있고, 여성 화자를 전면으로 사용하는 사람도 있고, 무성적인 화자를 전면으로 사용하는 사람도 있잖아요. 그런데 이들 중, 유독 여성 화자를 사용할 적에만 듣게 되는 이야기들이 따로 있다는 생각이 들어요. 저는 십 대 소녀들이 등장하는 소설을 쓴 이후에, '소녀성의 전복'이라는 말을 들은 적이 있거든요. 저는 그 말이 의아하게 느껴졌어요. 만약 제 소설 속 화자가 남성이었다면, '소년성의 전복'이라는 말을 들었을까? 아닐 것 같은 거예요. 유독 여성 작가가 쓰는 여성 화자만이 여성적이다, 아니다라는 이분법 속에서 논의되고 있다는 느낌이랄까요. '여성적이다'라는 말이 오히려 여성을 가두고 있다는 생각이 들기도 해요. 여성 화자를 사용하면서, 저와 비슷한 느낌을 받은 적이 있을까요?

박 그럼요. 저도 늘 그 지점이 불편했어요. 여성

화자를 등장시켰을 때 여성적이면 여성적이라고,
여성적이지 않으면 여성성을 벗어나 있다고
평가받는 게 때때로 불쾌해요. 저 역시 등단했을
때 비교적 나이가 어리고 동시에 여성이라는
이유로 선입견을 장착한 채 시를 읽은 사람도
많았거든요. 시 자체로 읽히는 게 아니라 젊은
여성 시인과 불온한 시적 화자를 싸잡아서 단상에
올리는 거지요. 임솔아 시인께서 말씀하신 것처럼
남자 시인의 시를 읽고 '남성적이다'라고 하지
않으면서, 여자 시인의 시에는 '여성적이다', 혹은
'여성 시'라는 꼬리표를 쉽게 붙이잖아요? 인간이
쓴 글에 '인간적'이라고 평을 내리는 게 우스운
것처럼, 여성으로 태어나 여성으로 살아온(혹은
한국에서 여성으로 길들여지길 요구받아온) 자에게
여성적이라고 지적하는 것 역시 우습다는 생각이
들어요. 아직도 우리 사회에는 여성이 여성이라는
이유만으로, 추앙되거나 깎아내려지는 경우가
많아요. 남자 의사, 남자 작가, 남자 외교관, 남자
대통령이라고 하지 않잖아요. 기본값을 '남자'로
둔 사고방식이지요. 그게 여자들에겐 폭력적으로
느껴질 수 있다는 것을 남자들은 모르겠지요. 그런
대우를 받아본 적이 없으니까요. 저는 여성으로
세상을 사는 것에 대해 '의식'할 수밖에 없는

요인이 우리 사회에 많다고 봐요. 그래서 세 번째
시집 제목이기도 한 「베누스 푸디카」 연작을 쓰게
된 것 같아요. 사회가(남성이 지배하는 사회지요)
여성에게 요구하는 자세(혹은 위치)를 보티첼리의
그림이 노골적으로 보여주고 있다고 봤거든요.
화집을 보다가 미술 용어인 '베누스 푸디카'의 뜻을
보고 '새삼' 놀란 거예요. 비너스의 자세를 뜻하는
'베누스 푸디카'는 라틴어로 '정숙한 비너스'라는
의미인데, 미의 여신이 태어나는 순간에 '정숙한'
자세로(실은 전혀 정숙하지 않은 자세지요) '은밀하고
요염하게' 한 존재가 '보여지기'를 요구하고
있거든요. 그것도 탄생의 순간입니다. 아마 '섹시한
비너스'라고 했다면 놀라지 않았을 거예요. 겉으로
여성에게 '정숙'을 요구하면서, 동시에 성적
대상으로 예쁘게 보여지기를 바라는 것, 지금도
여전하지 않나요? 여자들이 어떻게 탄생하기를
바라는지, 혹은 만들어지기를 바라는지 보여주는
거잖아요. 비너스의 자세는 가리는 것처럼
보이지만 노골적으로 유혹하는 자세이자 자신의
몸을 보여주려는 자세거든요. 동시에 수동적인
자세라는 게 가장 문제에요. 다시 말하지만 '탄생의
순간'이거든요. 자연스러움이 없어요. 여신인데
위엄도 없어요. 단지 예쁘고 요염할 뿐, 타자의

시선을 빼앗는 존재일 뿐이에요(많은 여성들이 아직도
이 그물에 빠져있지 않나요? 타자의 시선을 빼앗는 존재가
되려는 강박, 예뻐져야 한다는 강박). 물론 예술에서
아름다움은 필연적으로 남의 시선을 빼앗을
수밖에 없는 대상이 된다는 것에 동의해요. 하지만
'자세'는 얘기가 다르거든요. 다비드 상을 생각해
보세요. 다비드 상이 수동적인 포즈를 취하며 성적
대상으로 그려지진 않거든요. 남성의 아름다움을
그릴 때와 여성의 아름다움을 그릴 때 '자세'가 전혀
다르다는 것에 저는 강한 문제의식을 느꼈어요.
오히려 여성의 몸을 제대로 그리고(수동적인 자세가
아니라), 음부를 사실적으로 그리는 게 훨씬 낫지요.
아무튼 '베누스 푸디카'를 생각하면서 태어나는
것들의 '자세'에 대해 고민했어요. 태어나는 자세가
앞으로 살아갈 자세가 되거든요.

일 남성과 여성이라는 신체적 차이보다 어쩌면 성별에게
요구된 '자세'가 그 성별의 성격을 규정해왔을 수 있겠다는
생각이 들어요. 화자에 대한 이야기를 조금 더 나눠보고
싶어지네요. 첫 시집과 두 번째 시집, 세 번째 시집에
등장하는 여성 화자가, 여성이 아니면 쓸 수 없는 화자라고
저는 읽었어요. 이 질문이 오역당해서, 시인에 대한
질문으로 읽히지 않기를 간절히 바라요. 여성 시인과 여성

화자를 묶어서 생각하는 경향 때문에, 저는 그간 많은
여성 시인들의 입이 봉해져버렸다고 생각하고 있어요.
역사적으로 여성 작가의 사생활이 작품에 대한 평가로
이어지거나, 작품에 대한 이야기를 하면서 여성 작가의
사생활이 언급되는 일이 있었으니까요. 다시 본론으로
돌아가서요. 특히 첫 시집 『속눈썹이 지르는 비명』에서는
일종의 폭력에 노출된, 혹은 노출된 기억이 있는 여성
화자가, 폭력성을 지닌 자에 대해 굉장한 증오심을 품고
있으면서도, 동시에 큰 애정을 품고 있는 듯했어요.
용서라거나, 포용이라거나, 그런 종류의 이야기가
아니라요. 증오나 애정, 용서나 환멸, 어느 한쪽으로
완전하게 치우치지 않은 채, 복잡하고 분열적인 모습을
그대로 담고 있는 듯했고요. 그래서 오히려 정확하다는
느낌을 받았어요. 거리가 먼 상태에서의 폭력에 대해서는
단순한 감정을 갖는 것이 가능하지만, 거리감이 무너진
상태에서의 폭력 앞에서는 단순한 감정을 갖기가 어려울
때가 많고, 복잡하고 다층적인 감정을 가지게 되는 일이
많은 듯해서요. 이 시들을 쓸 때에, 이런 발화에 대해서
스스로 어떤 저항감과 검열의 과정을 거치면서, 무엇을
담아내려고 애를 썼는지, 그 과정 자체가 상당히 듣고
싶었어요.

박 임솔아 시인이 정확히 보셨어요. 첫 시집, 혹은

대부분의 제 시들은 '여성 화자(언제라도 '나'로
치환 가능한)'를 내세워 입을 열게 한 것 같아요.
다행인지 불행인지, 첫 시집과 두 번째 시집을
쓸 때까지도 제 속엔 어떤 저항이나 검열 과정이
'전혀'라고 해도 좋을 정도로, 없었던 것 같아요.
제가 천착해 있는 문제(해결이 날 때까지 붙들려있을
수밖에 없는)를 겪으면서, 세상을 바라볼 여유가
없었어요. 세상을 바라볼 여유가 없으니, 밖에서
이쪽을 어떻게 생각할지에 대해서는 더 생각할
수도 없었겠지요. 시는 제 안에서 들끓는 생각들을
'공식적으로' 쏟아내고 죽게 할 수 있는(혹은
털고 새로 태어나게 할 수 있는) 통로였다는 생각이
들어요. 임솔아 시인께서 제 시에서 "증오나 애정,
용서나 환멸, 어느 한쪽으로 완전하게 치우치지
않은 채, 복잡하고 분열적인 모습을" 담아낸
부분을 지적해주셨는데, 맞아요. 미워할 수 있는
대상을 순수히 미워할 수 있다면, 문제가 없지요.
그렇지만 삶은 그렇게 간단치 않으니까요. 또한
시는 수기나 일기가 아니기 때문에 시에 등장하는
여성 화자들을 저는 '암묵적인 무대' 위에 올라선
인물들로 받아들였어요. 그래서 편했지요. 그들은
극적으로 말하고, 소리치고, 울부짖거나 상심하며
감정을 극대화해 소비할 수 있으니까요. 그게

어떤 사람들에겐 불편하게 느껴졌을 수도 있고,
오해를 샀을 수도 있겠지만 저로서는 꽤 즐거운
작업이었어요. 그러니까 시집 속에 등장하는
화자는 거의 모두 저이면서, 엄밀히 말해 모두 제가
아니지요. 그런데 읽는 사람이 이런 창작 과정을
무시한 채 '시인=시적 화자'라는 공식을 내세워
오독하는 경우엔 난감해요. 검열에 대해 말하자면,
저는 외부를 의식해서 검열하기보다는 내부(글
쓰는 자아)를 의식해 검열하는 것이 더 중요하다고
생각하거든요. 내가 생각하는 것을 속이지 않고,
쉽게 타협하지 않고, 끝까지 몰아세워 표현했는가.
제겐 이 내부 검열이 더 중요했어요. 그런데 몇
년 전 굉장히 쓸쓸하고 화도 나고, 우울했던
적은 있었어요. 두 번째 시집 출간 후 중앙일보
기자와 인터뷰를 하고 기사가 나왔는데, 인터넷판
기사 제목을 "30대 女, 아버지가 처제라고 불러"
이렇게 뽑은 거예요. 충격 받았지요. 그때 충격이
상당했어요. 아마 그 정도로 시적 화자와 시인을
동일시해 평가받은 적은 처음이자 마지막이었던
것 같아요. 그게 얼마나 폭력적인 일인지, 제가
받은 충격이 반증하네요. 시인 박연준도 아니고,
30대 시인도 아니고, '30대 女'라고 쓴 천박함은
차치하고라도…… 시의 독법 자체를 가지고 있지

않은 거지요. 맹렬히 항의해 제목은 바꿨지만,
4시간 동안 온라인에 올라가있었어요. 물론 제
경험을 토대로 쓴 시란 건 사실이에요. 그러나
대놓고 시적 화자와 시인을 동일시하는 것은 세상
무식한 짓이지요. 시에는 '사실'만 있는 게 아니라
'사실 외의 것들'이 더 많을 수 있으니까요.

임 외부를 의식해서 검열하지는 않았다는 말씀이 저는
대단하게 느껴져요. 처음 시를 쓸 무렵에, 여성 화자를
전면에 내세워 쓴 적이 있었어요. 그러나 그 시를 사람들
앞에서 읽자마자, 여성 화자가 전면에 드러난 시를 다른
사람들이 어떤 방식으로 바라보는지 알게 되었어요.
그 시선이 두려워 검열을 하게 되었고, 어떤 말들은
시 속에서조차 할 수 없게 되었죠. 여자가 성희롱이나
성추행을 당할 때에, 여자가 노출이 심한 옷을 입었으니
위험에 처하게 되는 것이라고 말하는 사람들이 있잖아요.
마치 그런 상황처럼, 타인의 폭력적인 시선 때문에 입고
싶은 옷을 마음대로 입을 수 없었던 것이 아닌가 하는
생각이 들어요.
시 속에 등장하는 '아버지'에 대해서 이야기를 하지 않을
수 없을 듯해요.

　　살려주세요, 루돌프 히틀러, 아빠?

연산군처럼 익살스럽게, 휘몰이 장단에 맞춰
도돌이표, 도돌이표, 빙빙 돌아
나를, 계속, 찌르고, 있는,
아빠?
당신은 어떻게 한 시간마다 커지나요?
나를 손에 쥐고 뜬눈으로 기도하는 아빠,
바람결에 누런 이빨 다 부러지는 아빠,
나를 놓으세요 십자가를 놓으세요
딸이 죽어요, 아빠를 밟은 채 죽어가요
                    —「꽃을 사육하는 아버지」에서

아버지는 '나를 계속 찌르고 있는' 인물인데, 동시에 '나를
손에 쥐고 뜬눈으로 기도하는' 애정 어린 모습을 보이기도
하고, '바람결에 누런 이빨 다 부러지는' 모습도 갖고
있잖아요. 화자 또한, 아버지에게 찌름을 당하고 있으면서
동시에 아버지를 밟고 있는 모습을 보이기도 하고요.
아버지라는 인물이 표상하는 것에 대해 시 속 화자가
느끼는 감정이 저는 많이 공감이 되었어요.

  박 저는 아버지에 대한 '증오'를 노래한 적이
  단 한 번도 없어요. 사랑은 복잡하고 미묘한
  거잖아요. 특히 가족이 그렇지요. 어머니도 그래요.
  통상적으로 '어머니'라는 개념을 모성이 풍부한

성녀로 표현하는 것이 불편해요. 모든 어머니가
아무 충돌 없이 어머니의 역할에 만족하며 사는
것은 아닐 수 있잖아요. 애를 버리고 싶을 때도
있고, 도피하고 싶을 수 있고, 난폭해질 수도
있고, 아무튼 어머니라는 역할보다 더 중요한 게
있을 수 있잖아요. 실비아 플라스 역시 아이 둘을
기르고 있었지만, 자살을 택한 것처럼요. 사랑도
마찬가지에요. 포용과 따뜻함, 희생만 있는 게
아니라 이면에 완전히 다른 면을 가질 수 있는 게
사랑이고 사람이라고 생각해요. 개인적인 얘기를
하자면 저희 아버지도 다른 아버지들처럼 자식을
끔찍이 사랑하는 사람이었어요. 그러나 생각해보면,
그는 아버지이기에 앞서, 자신의 삶이 해결되지
않는 점이 많아 괴로워하던 한 인간이었지요.
가까이에서 보면 괴로워요. 사랑하는 피붙이이면서
동시에 고통을 주는 게 가족이니까요. 누군가를
아낀다는 것은 약점이 하나 생긴다는 거죠.
복잡하지요.

임 "통상적으로 '어머니'라는 개념을 모성이 풍부한
성녀"로 표현하는 것이 불편하다고 말씀하셨는데요. 저
역시도 그래요. 통상적인 상찬이 어머니를 어머니라는
굴레에 가둔다는 생각도 들고요. 다층적인 감정,

다층적인 면모를 가질 수밖에 없는 한 사람을 표현했을
때, 선입견에서 벗어나는 표현을 했을 때, 어떤 사람들은
그것이 시인이나 화자의 내적 '문제'라고 인식하는 듯해요.
실은 그 반대의 경우가 '문제'에 더 가까워 보이는데요.
아버지로 표상되는 이미지가 '노래의 원형'은 아닐까 하는
생각도 해보았는데요.

          유령이 된 아빠가 피아노를 치고 있어요
          손 끝에 까맣게 그림자가 몰리죠
          아빠의 손끝에서 건반들이 무너져요
          우르르르, 우르르 떼로 무너지고
          발밑에 수북이 쌓인 이빨들을 내가 주워
     먹어요
          뿌리째로 꼭꼭 씹어 먹어요

          하얀 뼈들이 허공에서 계단이 되고
          아빠는 가벼운 허밍으로 집을 지어요
          내 치마가 아빠를 숨겨줘요
          치마는 사력을 다해 지붕이 되죠

          건반이 사라진 피아노는
          늙은 개처럼 무거워져요
          피아노의 진지한 주름이 아빠에게 이양돼요

아무런 소용이 없어요
2분음표는 4분음표에게
4분음표는 8분음표에게
8분음표는 16분음표에게
아무런 소용이 없어요
다 같이,
노래하다

죽어가는 '솔'에서 나는 도망쳐요
　　　　　　　　　—「마지막 페이지」 전문

도돌이표처럼 빙빙 돌아 화자를 찌르는 아버지는, 유령이
된 후에도 화자의 곁에서 피아노를 치잖아요. 화자는
무너진 건반들을 꼭꼭 씹어 먹고요. 애정이 또 다른
폭력이 되기도 하고, 자아를 뒤흔든 폭력에게 애정을
느끼는 순간이라는 것이 저에게는 있는 듯해요. 두
가지가 뒤섞이면서, 마치 왼손과 오른손이 동시에 연주를
하듯이 노래가 되는 순간도 있는 듯하고요. 그런데 이
아버지에 대한 화자의 태도가, 첫 시집에서 두 번째 시집,
세 번째 시집으로 이어지면서 조금씩 변화해가는 것이
느껴졌어요. '아버지' 혹은 '아빠'라는 단어 자체가 다음
시집으로 넘어갈 때마다 조금씩 줄어들고 있었는데요.

그렇지만 단어가 줄어들었다고 하여서 아버지로 표상되는
이미지 자체가 가진 힘이 줄어든 것처럼 느껴지지는
않았고요. 저는 악몽이라는 것에 대해 관심이 많은데요.
악몽이라는 것을 제가 싫어하면서도, 제가 악몽에게
집착하는 면도 있는 듯해요. 그래서인지, 악몽의 원형이
시간이 지나면서 어떻게 변화되는지, 혹은 어떻게
변화해갈지에 대해서도 제 안에 질문이 남아있어요. 이
변화 과정에 대한 이야기를 듣고 싶어요.

　　박 제 시적 화자들 때문에 제가 끔찍한 가정 폭력에
　　시달렸다고 생각하는 분이 많더라고요. 이게 시적
　　화자와 시인을 동일시하는 폐해인가 봐요(웃음).
　　실제로 저는 스물두 살 때 아버지에게 딱 한 번 뺨을
　　맞아보고(이유는 비밀), 한 번도 맞아본 적이 없어요.
　　오히려 과잉보호를 받았다고 하는 게 맞을 거예요.
　　고등학교 때까지 수학여행을 가면, 아버지는 제
　　짐을 싸줄 정도로 자상한 사람이었거든요. 아버지는
　　평범하지 않았어요. 문제적 인간이었지요. 밤무대
　　연주자였고, 어릴 때 저를 데리고 낙원악기상가를
　　자주 갔던 사람이고, 유머도 많고 심성이 여린
　　사람이었는데…… 심성이 여린 사람들이 대개
　　그렇듯 어느 날 알코올중독에 빠졌지요. 그때
　　아버지 나이가 불과 마흔다섯이었어요. 알코올

중독은 '장기적인 자살행위'라고들 하지요. 지독한
우울증이고요. '술로 죽음에 이르고 싶어 하는
(사랑하는)사람'을 곁에서 본 관찰기, 한동안 제
문학은 어쩔 수 없이 거기에 천착했어요. 햄릿처럼,
죽느냐 사느냐가 중요하던 시기에요. 모든 죽음에는
어느 정도 폭력성이 깃들어있지요. 그게 인위적인
죽음일 경우엔 특히 그래요. 누군가 죽고 싶어
한다면(나는 살고 싶은데) 어떻게 해야 하는가, 이
문제가 제겐 세상에서 가장 어려운 화두였어요.
희망을 주고 용기를 주는 것? 위로하는 것? 의지를
심어주는 것? 개나 물어가라지요. 죽고 싶은 자는
죽을 수밖에 없어요. 간절하다면. 결국 화두는
해결되지 못한 채 사그라졌고(대부분의 화두가
그렇듯), 제 시에 '아버지(=죽음에 대한 욕망으로
가득한 자)'에 대한 내용은 점차 줄어들었지요.
무력해요. 이 무력함이 '악몽'으로 여러 번,
끈질기게 나왔지요. 그러나 누가 알겠어요? 삶은
불가사의한 거고, 문학은 그 불가사의함에 의지해
몸을 부풀리는 거고…… 그런 것 아닐까요? 저는
죽고 싶어 하는 사람을 죽도록 두었다는 것, 가끔은
죽음이 성공하길 바랐다는 것에 아직 죄책감이
있어요. 그게 악몽으로 나오는 거겠지요. 오에
겐자부로 역시 '장애를 가진 아들'을 화두로,

초기부터 지금까지 작품을 써오고 있지요. 작가에겐
그런 화두가 있는 것 같아요. 하나씩.

임 "희망을 주고 용기를 주는 것, 위로하는 것, 의지를
심어주는 것"에 대해 말씀하신 내용에 공감해요. 섣불리
말해지는 희망이나 용기, 위로, 의지 같은 것들이
거짓말이라고 저는 생각해요. 거짓 희망, 용기, 위로,
의지를 보여주려고 하는 문학작품을 좋아하지 않고요.
어떤 작가가, 이 세계에 희망이 없다는 것을 적나라하게
보여주는 것에 희망이 있다고 쓴 것을 읽은 적이 있어요.
그 말을 읽고 '희망'에 대해 더 오래 생각하게 되었어요.
시 속에서도 섣불리 희망을 말하지 않게 되었고요. 그런데
또 질문이 생겨요. 희망과 용기, 위로, 의지를 완전히
포기한 상태는 아니거든요. 그저 진정한 희망이 뭔지,
진정한 용기란, 진정한 위로란 무엇인지 계속 고민을 하고
있는데, 아직까지는 찾지 못한 듯해요. 앞으로 그것들을
어떤 방식으로 찾아내야 할지 앞이 막막할 때가 있어요.
찾았다, 혹은 찾지 못했다는 결과보다 어떤 방향으로
찾아가고 있는지가 중요한 듯하거든요. 그 방향에 따라
작품을 쓰는 방식도 달라질 테니까요. 거짓 희망이 아니라
진짜 희망이라는 것이 있을 수 있다면, 그것은 어떤
모습일까요? 혹은, 앞으로 어떤 방식으로 찾아나가야
할지, 저처럼 고민해보신 적이 있으실까요?

박 "섣불리 말해지는 희망이나 용기, 위로, 의지 같은 것들"이 확실히 문제지요. 그것들이 낭만에 기대 표현된다면 최악이고요. 진짜 희망, 용기, 위로, 의지가 품고 있는 단어 본연의 의미를 생각해 보세요. 얼마나 묵직한 의미인지. 누가 알겠어요? 그것들이 도대체 무엇인지, 어디 있는지, 어떻게 찾을 수 있는지……. 그렇지만 결국 희망은 누가 누구에게 주는 것이 아니라, 찾고자 하는 사람 속에서 피어나는 안개 같은 거라고 생각해요. '안에서 피어나는 안개'이니 있어도 잘 모를 테고, 사라져도 금방은 모르겠지요. 그러니까 결국 희망은 존재하는 게 아니라 각자의 마음속에서 '발견하고 키우고 유지시켜야 할 무엇'일지도 모르겠네요. 임솔아 시인이 말씀하신 것처럼 "결과보다 어떤 방향으로 찾아가고 있는지"가 중요하다는 점에 동의해요. 그게 희망을 발견하고 키우려는 의지와 연결된 것일 테니까요. 버지니아 울프가 이런 말을 했대요(리베카 솔닛의 책에서 인용). "미래는 어둡고, 나는 그것이 미래로서는 최선의 모습이라고 생각한다" 이 문장을 읽고 좀 놀랐는데요. 모두들 미래가 어둡다고 한탄하지만 미래로서는 그게 '최선'의 모습이라는 거죠. 아직(未) 오지 않은 것(來)이니까 어둡죠. 그렇게 생각하니 희망은

아득하고, 그것이 희망으로서는 최선의 모습이
아닐까 생각이 들어요. 무얼 바란다는 것은 현재
없거나 희미하니까 바라는 것일 테니까요.

임 세 번째 시집 『베누스 푸디카』에서는 특히나 많은
여성들이 나와요.

> 사과는 먹히기 전에 합의한 적이 없다
> 나예요, 스스로 나예요,
> 음식은 스스로 음식이 되겠다고 합의한 적이
> 없다
> 내가 내려요 스스로, 나예요
> 어디로 갈까 이 밤에, 밤이 되겠다고 합의한
> 적이 있니
> 내리고 마는 나를, 떨어뜨려요 비가
> 세 명의 남자아이들을 따라간 날
> 스스로 나를, 멀리로 비가, 보내려는 나를,
>
> 떨어져요, 내가
> 잡을 수 없는 종,
> 잡을 수 없는
> (나도 그랬어)
>
> ──「혀 위의 죽음」에서

「혀 위의 죽음」이라는 시에는 2016년 6월 17일 아파트에서
투신자살한 17세 소녀를 추모하며 쓴 시라는 각주가 달려
있고요.

> 화곡동 살 때
> 기이한 울음소리를 듣고 잠에서 깨어난 적이
> 있다
> 이 새벽, 장화 홍련이라도 환생한 것일까
> 창밖을 보니 검은 소복을 입은 여섯 명의
> 여자들이
> 집 앞에 서서 울고 있었다
> 얼굴에 싹이 돋아나는 기분이었다
> 손으로 입을 막고 까마귀떼처럼 곡하던
> 여자들은
> 한참을 울더니, 발 없는 유령인 듯 흘러갔다
>
> 죽은 걸까, 누가
> 죽음은 왜 자꾸 내 앞에 와 엎드리는가
>
> 창을 닫는데 손등 위로 검은 깃털이
> 돋아났다
> 얼굴과 가슴, 등 뒤와 허벅다리까지
> 깃털로 뒤덮였다 어깨뼈와 고관절이

가까워지고
  팔이 물결처럼 펄럭였다
  천장이 높아지고 벽이 멀어지고
  나는 일곱번째 까마귀가 되었다

  어떻게 알고 온 걸까, 검은 짐승들
                        —「검은 짐승들」 전문

분명 타자인 여성들이지만, 타자처럼 느껴지지 않았어요. 화자는 시 속에서, 이 타자들을 나 자신이라고 느끼고 있었어요. 저는 요즘 타자성에 대한 고민이 많아요. 공감을 강요하는 시대라는 말을 들은 적이 있어요. 타자에 대해서 지나치게 쉽게 공감하는 것, 공감한다고 착각하는 것이 위험할 수 있다는 생각도 들어요. 그렇지만 타자를 그저 타자라고만 말하며 선을 긋는 것 또한 위험한 일은 아닐까 하는 질문이 생겨요. 섣부른 착각이나 선 긋기가 아닌 공감은 어떻게 가능해질까, 하는 고민도 있고요. 「검은 짐승들」에는 "죽은 걸까, 누가"라는 문장이 있는데요, 이 유령들이 누구인지, 화자도 정확한 실체를 파악하지 못하고 있어요. 그렇지만 이 유령들을 본 이후에, 화자는 여섯 명의 유령과 같은, 일곱 번째 까마귀가 되잖아요. 알 수 없는 것들을 본 이후에 알 수 없는 것들 중 한 명이 되는 이 장면이 저는 많이 좋았어요. 만약 '함께'라는 가능성이 있을 수 있다면, 무언가를 완전히 파악한 상태로 완전히 파악된 내가 함께하는 것이 아니라, 파악되지 않은 상태에서 파악될 수 없는 것이 되어가는 과정이 아닐까, 하는 생각이 들기도 했고요.

박 의도하고 쓴 게 아닌데, 세 번째 시집에는 타자인 여성들, 그러나 내 안에도 똑같이 살고 있는 타자만은 아닌 여성들 이야기가 많아요. 저도 책으로 묶고 나서 알았어요. 특히 「혀 위의 죽음」이라는 시는 실화를 바탕으로 쓴 건데, 세 명의 남학생들에게 성폭행을 당한 17세 소녀를 화자로 내세웠어요. 그런데 저는 이 화자가 저이면서, 또 우리 모두(많은 여성들)라고 생각해서(물론 무의식적으로) 다성의 화자들을 불러왔어요. 처음부터 작정하고 쓴 것은 아니었는데, 쓰다 보니 여기저기서 '나도 그랬어'라고 죽은, 또 죽어가는, 죽을 수 있는 화자들의 합창이 들리더라고요. 그들은 이미 유령일 수도 있고, 앞으로 유령이 될 수도 있는 약한 존재들이라 괄호 속에 소리를 묶어두었지요. 억울한 존재들인데 이들의 죽음은 혀 위에서 말해질 뿐이에요. 기사로, 뉴스로, 사람들의 수군거림 속에서 죽음과 피해 사실이 알려지지만,

그게 다라는 사실에 화가 나요. 이 시를 쓸 때 적극적으로 화자의 입장에 서서, 감정이입을 해서 썼어요. 「검은 짐승들」에서도 마찬가지예요. 집 앞에 와서 우는 여자들을 보고 처음엔 두려운 마음이 들어 얼굴에 오소소 소름이 돋지만, 즉 거리를 두지만, 소복을 입은 채 유령처럼 몰려다니며 우는 새벽의 여인들에게 화자는 동화되지요. 그런 면에서 임솔아 시인께서 말씀하신 "만약 '함께'라는 가능성이 있을 수 있다면, 무언가를 완전히 파악한 상태로 완전히 파악된 내가 함께하는 것이 아니라, 파악되지 않은 상태에서 파악될 수 없는 것이 되어가는 과정"이라는 이야기에 동감해요. 내가 타자에 대해 다 알아서 '함께'를 이루고 공감하는 게 아니라, 파악될 수 없는 것이, 그럼에도 불구하고 함께 '되어가는 과정'이 굉장히 중요하지요. 정말 좋은 문학은 장르를 떠나서, 타자가 '되어가는 과정'에 힘을 쓰는 일 같아요. 제 경우 첫 번째, 두 번째 시집에서는 잘 해내지 못했던 것을(너무나 여유가 없어서), 세 번째 시집을 쓰면서는 자연스럽게 시도한 것 같아요. 점점 타자들이 눈에 밟히고, 보여요. 내가 저 사람이고, 저 사람이 나일 수 있다는 게 쉬워서가 아니라…… 그냥 그렇더라고요.

제가 나이 든 것일 수도 있고, 여유를 찾은 걸 수도
있겠지요.

임 등단하고 13년을 시인으로 살아오셨고, 앞으로도
계속 시인으로 살아가실 텐데요. 모든 예술가가 자기가
원하는 삶을 다 살 수는 없지만, 그래도 가장 이상적으로
생각하시는 시인으로서의 삶을 표현해주신다면 어떻게
말씀해주실 수 있을까요? 왜 이런 질문을 드리냐면요.
제가 앞으로 어떻게 살아가야 할지 고민이어서요.
'시인'이라는 말은 시를 쓰는 사람이라는 말이지만, 시를
쓰고 살아간다는 것 자체가 자신의 가치관을 표현(사회적인
가치관만을 말하는 것은 아니어요)한다는 것이라는 생각이
들어요. 이상적인 삶을 살기 위해서 시인으로서 시를
쓰면서 살아가는 것은 아니지만요. 시인의 삶을 살면서
어떤 삶을 살고 싶은지에 대해 고민할 수는 있을 듯해요.
그 '어떤 삶'이라는 것은 사람마다 다 다르겠지만,
저마다의 생각과 이유가 궁금해요.

박 죽을 때까지 시인으로 살겠다는 각오는 평생
은퇴하지 않고 현역으로 뛰겠다는 운동선수처럼
'슬프고 위험한' 요소를 잔뜩 떠안고 하는 각오와
같다고 생각해요. 그렇지만 그런 각오를, 혼자서는
합니다. 나중에 힘이 떨어지겠지, 타성에 젖지

않을까, 반짝이는 후배들에게 욕을 먹진 않을까……
두려운 마음도 들겠지만, 포기하지 않고 더듬더듬
끝까지 쓰겠다는 게 제가 가진 기본 자세입니다.
기회가 된다면 시만 고집하지 않고 다양한 장르에
도전하고 싶다는 생각도 있어요. 요새는 산문을
꾸준히 쓰고 있는데, 임솔아 시인처럼 시와
소설을(가능하다면 그 외의 장르도) 넘나들며 쓰는
것이 쓰는 자로서는 자연스러운 미래(그러니까
어두운 게 최선인!)라고 생각해요. 다양한 장르의
글을 자유롭게 쓰는 사람으로 사는 것, 창작
열정을 잃지 않는 것, 문학을 낭만에 기대게 하지
않는 것, 자기 목소리를 자기답게 내는 것, 더 더
프로페셔널해지는 것(경제적인 얘기지요)이 제가
이상적으로 생각하는 작가의 삶이에요. 말은 쉽게
했는데, 너무나 어려운 일이네요! 마지막으로
제 시들을 꼼꼼히 읽고, 의미있는 질문을 해주신
임솔아 시인께 감사드리고 싶습니다. 누군가에게
질문하는 일이 얼마나 공이 들어가는 일인지 잘
알거든요. 오랜만에 즐겁고 행복한 대화였어요.
감사합니다.

임 이야기를 나누는 내내 저도 즐거웠어요. 함께 나눈
즐거움이 지면을 통해 읽는 분께도 전달될 것이라는

생각이 드네요. 오래 기억에 남을 것 같아요. 고마워요.

박 연 준

파주에 살며 시와 산문을 쓴다. 대체로 태평하고 이따금
종종거리며 산다. 숲길 걷기, 사물 관찰하기, 고양이 곁에
앉아있기, 발레를 좋아한다. 사람들과 '쓰는 기분'을 나누며,
매일 꾸준히 자라는 어른이 되고 싶다.
2004년 '중앙신인문학상'을 받으며 등단했다. 시집『속눈썹이
지르는 비명』,『아버지는 나를 처제, 하고 불렀다』,『베누스
푸디카』,『밤, 비, 뱀』이 있고, 산문집『소란』,『밤은 길고,
괴롭습니다』,『인생은 이상하게 흐른다』,『모월모일』, 공저
『우리는 서로 조심하라고 말하며 걸었다』,『내 아침 인사 대신
읽어보오』 등이 있다.

쓰 는 기 분

초판 1쇄 발행 · 2021년 7월 20일
초판 6쇄 발행 · 2023년 5월 15일

지은이 · 박연준
펴낸이 · 조미현

책임편집 · 정예인
디자인 · 나윤영

펴낸곳 · (주)현암사
등록 · 1951년 12월 24일 (제10-126호)
주소 · 04029 서울시 마포구 동교로12안길 35
전화 · 02-365-5051 팩스 · 02-313-2729
전자우편 · editor@hyeonamsa.com
홈페이지 · www.hyeonamsa.com

ISBN 978-89-323-2153-0 (03810)